引导教师们深入非优秀学生心灵的重要文学样本

青春校园文学

末等生

刘志强 / 著

苏州大学出版社
Soochow University Press

图书在版编目(CIP)数据

末等生 / 刘志强著. —苏州：苏州大学出版社，2013.9
ISBN 978-7-5672-0573-4

Ⅰ.①末… Ⅱ.①刘… Ⅲ.①自传体小说—中国—当代 Ⅳ.①I247.5

中国版本图书馆 CIP 数据核字(2013)第 191816 号

书　　名：末等生

著　　者：刘志强
策　　划：刘　海
责任编辑：刘　海
装帧设计：刘　俊

出版发行：苏州大学出版社(Soochow University Press)
出 版 人：张建初
社　　址：苏州市十梓街 1 号　**邮编**：215006
印　　刷：苏州工业园区美柯乐制版印务有限公司
网　　址：www.sudapress.com
E-mail　：Liuwang@suda.edu.cn　　**QQ**：64826224
邮购热线：0512-67480030
销售热线：0512-65225020

开　　本：880 mm×1 230 mm　1/32　**印张**：7.5　**插印** 16　**字数**：150 千
版　　次：2013 年 8 月第 1 版
印　　次：2013 年 8 月第 1 次印刷
书　　号：ISBN 978-7-5672-0573-4
定　　价：28.00 元

目录

城管所之战 / 1
错位的校卡 / 21
排名第八十位 / 36
给林絮的情书 / 50
葛亮的春天 / 70
一碗面条引发的惨案 / 90
李后主的江湖地位 / 106
邓强“失恋”了 / 128
坎坷奔前程 / 139
林可的酒窝 / 158
竞选是一门学问 / 176
C计划 / 194
如梦令 / 207
热血青春 / 216
谁的青春不是一本小说 / 226

城管所之战

春节刚过，爆竹声还未落尽，新年的气氛似乎先戛然而止了，就像是看了一场情节乏味的电影，过场还没走完，观众却提前散场了。据说这是繁华过后的落寞，如恋人热恋后所必然的平淡，只能供人凭吊。

街上的行人早已络绎不绝，小贩们更是抛开了平常条条框框的约束，都提前上岗，盘踞在繁华的街道边，力求在今年与城管的游击战中占得先机。有人说流动摊贩也是“劳动保障部门”，因为在无形中他们提高了城管的就业率，在给社会安置闲散人员方面起到了中流砥柱的作用，促成了对危险分子的改造，所以小贩行当也被称为最无私的“劳教机构”。

一位大爷推着一车年前没卖出去的白菜吆喝着：“青春大白菜——”想必这个老头儿想青春想得疲劳过度，连白菜都想一起喊年轻了。幸亏他不是个胖女人，否则难保不会喊成“瘦身大白菜”。

迎面走来一个中年女人，身着一套咖啡色服装。头发为了呼应衣服的颜色，也跟着走上了“咖啡路线”。最具特色的是连她牵着的狗也搭配了主人的色调，裹着一件咖啡色外套。这狗和主人穿了情侣装，免不了会引人遐想。假使这一幕有幸呈现在中国导演们的面前，那一定会是部“人狗情未了”电影的绝佳素材。

“白菜什么价？”女人一面捋着自己的咖啡头一面问。

大爷见有客上门，抄起一棵年轻的菜，把外面蔫了的皮剥了，道：“八毛。”

“贵了吧？”“咖啡头”看着身旁的狗说道。

老头儿没料到买白菜也有杀价的，应对不及。再转望那只咖啡狗，仿佛这女人正在跟狗交流，然后由狗把话转述给自己。老头儿怒从心头起，义正言辞道：“贵？这价都要断货了。”

“咖啡头”见正面进攻没效果，便侧翼包抄道：“再说你这菜都——老了。”说着还用手指出证据。

老头儿刚遭受了一回狗的待遇，心里正在窝火，见这母货又侮辱自己的菜，这火瞬间就蔓延到了肺里。为了让这菜再年轻点儿，他又扒了一层皮。

“咖啡头”故作迟疑不决状，好像自己要买的不是白菜而是白粉，最终道：“我还是不要了。”

老头儿一听，心想，我总不能白忙活半天，便雄辩道：“这——真不老。”为了证明这话的真实性，他手也没闲着，又让菜年轻了一把。想来广告上常说的“年轻十岁不是梦”绝非是凭空捏造，而是有根有据的。

“咖啡头”转过身，指着那棵快要被脱光的白菜道：“行，那我就要它了。”大爷没料到这一车白菜，她竟只要个样本，赶紧向

“咖啡头”再次推销，让她多买。没想到“咖啡头”不为所动，铁定了就要这一棵，还说她家的小白兔吃不掉这一车，一个菜心足矣。

大爷不禁感叹：敢情在她家里是养了一窝畜生？

结果放在秤上一称，还不到一斤。“咖啡头”丢下一块钱大方地说：“甭找了。”说完拿着白菜领着狗一起走了。

大爷接过钱后悔不已，直怪自己实在，刚才扒得太狠。

邓强站在自家臭豆腐车前，默默地注视着刚才发生的一切。都说无商不奸，可现在看来是无客不贪。以前邓强作为一名消费者时，也是说逢商必奸的。如今自身角色有变化，看待事物的角度也就变了。就好比贪官和刁民，骂官是贪官的定是民，说百姓是刁民的必是官。总之，都是站在自己立场为自己着想。这是邓强自打加入炸臭豆腐行业以来总结的唯一一条不臭的理论，叫“互咬定律”。

邓强今年读高四，也就是说在高三这个阶段又来了一次轮回。佛说：“前世的五百次回眸才换来今生的一次擦肩而过。”如果根据佛的理论来讲，邓强是用掉了上辈子一千次的眺望，才换来这辈子高考对自己的两次“青睐”。而邓父的理解相对来说就比较通俗一点，老邓认为：“虽然都是在同一个寺里出家的和尚，但出来后肯定不能一下子都变成罗汉。总有那么两个点儿背的，没拿到毕业证也应属正常。只要持之以恒，将来佛肯定是会眷顾的。”老邓把儿子没考上大学的原因全推给了佛，因此自己并没有一点儿责任。

而对于儿子，老邓也并不认为他是死狗扶不上树、烂泥糊不上墙之辈。只要儿子肯下功夫，耐心地等待时机，将来定成大器。老邓在这样慰藉自己的同时，又把邓强一巴掌拍回了高三，去读补习班。

以前在应届班的时候，邓强每次的考试分数就差强人意。尤其上了高三后，更是每况愈下，像是刚吃完败仗的土匪又遭遇了正规军，一溃再溃，终于到了日暮途穷，连三溃的余地也没有了。从那以后邓强便义无反顾地扎根在了基层，甘处下流。邓强每次都自我安慰：“没有基层，哪来的干部？我就甘当高楼大厦的基石了。”

而老邓则像当初的国民政府一样，每次听到儿子考试失败的消息后，依然对外告捷，为的是平众人之口外加安抚自己。此后战事愈加频繁，结果也就愈加惨烈。正好那会儿学校提出口号要“全面提高学生心理素质，建设优美校园”，邓强的情况恰恰与学校提出的“增强抗打击能力”的口号背道而驰，经这么一号召，士气再也没提起来，成绩一落再落再再落，终于，落到了不可挽回的地步，被发配到了补习班。

老邓是做炸臭豆腐生意的，下海从事这个行业已有二十余年。如果照此长期发展下去，还真大有“一”臭万年之势。老邓坚信三百六十行能行行出状元，就算自己没混上状元，弄个榜眼、探花什么的，也能一头扎进小康之列。因此老邓始终以坚定不移的信念坚守在自己的岗位上。当老邓听到儿子高考失败的消息后，他的第一个想法就是：“老子今年的臭豆腐算是白炸了！”

起初，邓强的观点和老邓的想法同出一辙：国家不是老早就提出政策了吗？要先富一批，然后带动后富，最终达到共同富裕。只是邓强眼瞅着被带动的几十批都富出去了，到自己家的时候好像链条断了一样，没动静了。

而老邓苦于长期被排除在小康之外，好像产生了恶性循环，老子越穷，给儿子的钱就越少，这直接影响到了邓强在学校的生活质量。老邓管钱像是旧社会女人裹脚，把钞票包了一层又一层，还是嫌不够严。早在初中的时候，老邓就承诺儿子，要下拨一笔款项用于改善伙食。现如今已时隔五年了，这笔扶贫款还是不见踪影。

邓强见救济金迟迟不肯到来，有些按捺不住了：既然上级不给发放，只好自己变相索取了。

于是邓强陪父出征帮忙卖炸臭豆腐，一面收着别人的钱，一面使自己先达到小康。手里举着“孝”字大旗，心里打着自己的小算盘。

邓强在补习班有个同学叫葛亮。此人的名字极具传奇色彩，这还要追溯到葛父与葛母风花雪月之时。

葛父追求葛母时，葛父和老邓还列属同行。葛父入门晚、起步差，对炸臭豆腐一窍不通，亏得老邓慷慨，把自己的本领对葛父倾囊相授。那会儿葛家穷困潦倒，家徒七壁，而七壁的由来是有四壁用来遮风住人，另外三壁建了个厕所，由于厕所借用了住人的一壁，才得以省下那一面墙。葛父那时看上了本村的同龄姑娘谢兰，也就是之后的葛母。据说葛父追求葛母之事极其周折。葛母如同皇军的碉堡一般坚固，葛父久攻不下甚是着急，而此役又不可打持久战，他唯恐迟则生变，可又不想自己扛着炸药去炸这座碉堡，以免落得个堡毁人亡，悔之晚矣！思前想后，葛父决定托人花大价钱在市中心买两张电影票，采取前卫攻势。谁料被托的那人忙于办自己的事，忘了葛父之托，情急之下买了两张戏票回去交差。葛父见票气得捶胸顿足，心里想的是两张去法国浪漫的机票，不想到手的却是去伊拉克的火车票，而且还是硬座，心理的落差几乎要撑破他弱小的心脏，可是票已送到，退了太折面子，只好将错就错去“伊拉克”。

戏唱的是《借东风》。葛父看戏如同是看屠杀，杀的是别人，死的倒好像是他自己，在戏院里痛苦得难以自拔。孰料这出戏正中了葛母的下怀，葛母与戏一见如故。戏里面东风刚一吹，葛母便一头扎进葛父的怀里。葛父大吃一惊，没想到这诸葛亮确是一位神人，死了几千年了，还有这般鬼神莫测之功，一阵风就把老婆送到自己怀里了，不禁敬仰之心大起。

此后葛父忍着被屠杀的痛苦（这个屠杀包括了两个方面，一个是赔钱的心疼，另一个是赔命的头疼），在这种双赔的情怀下又陪葛母看了几场戏。见时机已成熟，便与葛母私定了终身。葛父怕葛母会中途反悔，出于保险起见，便赶忙与葛母成了婚，木已成舟后，心中这块大石总算是着了地。当然，此后戏院也再没涉足过。

不久，二人便喜得贵子。只是葛父才疏，苦于给儿子取名，不知宝贝儿子该叫什么好。突然有一天，葛父想起《借东风》里那个叫诸葛亮的不同凡响，他以为诸葛亮姓诸、名葛亮，于是给自己儿子取了个名字叫葛亮，一来与这般牛人同名也算是与众不同，二来就是“葛亮”二字也算是见证了自己的爱情。葛父深深地被自己的才学所折服，高兴得好几个晚上没睡着觉。就这样，一代军事家、政治家的鼎鼎大名，硬是被葛父把姓砍去一半嫁给了名，一并打包许配给了自己的儿子。

几年之后葛父才了解到，其实诸葛亮不姓诸，而姓诸葛，自己是给儿子取了个半吊子的名字，悔得差点儿去自杀。

其实葛父的想法也不算全无章法。诸葛氏最初还是源自葛氏，这两个姓氏的得姓源流一脉相传自夏商之际的诸侯葛伯，诸葛氏的后人也奉葛伯为诸葛姓的始祖。

葛父当然不知道这些，他认为这个名字会贻害儿子终生，几次去派出所给儿子改名，结果派出所的人都以“最近小偷太多，警力严重不足”为由推托，改名一事也就被无限期搁置。也幸亏这个名字没改成，因为葛父前卫得要给儿子改名为葛洲坝，他希望从古人到发电站，无不留有着他“葛家”的余光。

经取名一事，葛父染上了心疾，生怕哪天在街上会让扫盲的给当文盲扫了去，于是就买了本《论语》回去研习。自那以后就常以孔门弟子的后人自居，话语间也有了返古之风。

既然葛父认定了自己是孔门弟子的后人，就必然要把这个孔门弟子给找出来。他翻遍资料，却发现孔门七十二贤里并没有姓葛的，可以说是想牵强也没能附上会。葛氏很遗憾地没挤进七十二贤之列，那自己也就称不上其后人。所幸孔门弟子有三千，除了这“达者七十二人”被列出名字以外，还有不达者两千九百二十八人。亏得我国古代文献记录不那么完善，这两千九百二十八人的名字未被一一列出，葛父才得以生拉硬扯着当上了孔门的后人。

葛父曾经耗费大量心血致力于诗歌创作，单凭一句“侬为我洗尽铅华/我将为侬卸下戎甲/义无反顾荡天涯”而名冠全村，感染得一群青春期文学发育未遂的孩子们立即把老葛奉若神明，好不仰慕。

邓强那会儿还不知道什么是铅华，整天坐在老爹的大二八自行车后座上，满面春风地挥霍着韶华。那段时光邓强至今都难以忘怀，因为当年老爹每每下车都习惯性地把腿从后面迈下来，邓强也记不清自己从车上被踢下多少回了，总之老爹每回下车都忘记后面还有一亲儿。

老邓的每次微笑道歉都让邓强错误地以为老爹是故意的，于是道：“我可是您亲儿子啊！”当然这话是在心里说的，要是放在嘴上讲出来，估计后果要比被从大二八车上踢下来严重多了。反正邓强以后每每见着大二八的车型就头疼，跟曹操那头风似的疼。

葛父的弃商从官之路，也走得颇为坎坷。

起初葛父也是做炸臭豆腐生意的，每天炸得倒是不少，可是大部分都被城管人员无条件享用了，幸活下来参加公平交易的臭豆腐只剩了一小部分，换回的钱还不够葛母一人开销。葛父只得改行去贩卖鞭炮。由于事先没调查情况，也没做好市场分析，此次投资出现了重大失误。葛父一次进了一万多块钱的货，除了卖出几个二踢脚以外，其余的全砸在了手里，想甩都甩不出去。更糟的是，一次家里不幸失火，鞭炮全部在家自行销毁了，倒是省了公安局的事。葛父仿佛成了打仗时的阿富汗人民，刚遭受过空中打击，紧接着就是地面部队的扫荡，他自己几乎丧生。幸亏当时葛家藏的是烟火，而不是军火，不然整个村子都得被炸掉。

葛父深刻总结了经商失败的教训，终于明白自己失败的最大原因就是："我是商，而不是官。"思前想后，他决定托人去城管所走走后门，为自己开辟出一条官路。当时城管所的管事也是一时糊涂，脑子一热招了葛父这员残兵，从身材方面来讲葛父打架不具备天赋，从他那张和谐的脸来讲，赶起小贩来气势也不够磅礴，关键时刻若冲突起来，也就只能凑个人头，给大伙壮壮胆子。不过好歹也聊胜于无，因为近两年这个行业人才缺口比较大，只有那些连在保安行业都混不下去的人才会来这儿屈就。如此，葛父花了好几千块钱，最终如愿当上了城管里的临时工。

想来葛父也算深明大义，不记当年旧恩。他当了"牢头"后，第一个锁的就是邓强他爸。邓强对此事一直耿耿于怀，在当今社会如此人义凛然之人已濒临绝种了，偶出一个却进了城管所，实在是屈才。

葛父摇身一变，瞬间由一条落水狗升级为一根棒子，转身就杀"狗们"一个回马枪。也许棒打落水狗就是这么来的！谁还在水里谁就要挨打。

邓强和葛亮初识的时候，还在那个分不清男女的阶段。幼儿园的老师为了秉承先烈们的遗志，要孩子们从小树立远大抱负，于是让每个小朋友到讲台上说自己的理想。其中有一个穿得邋里邋遢的家伙，拖着两行鼻涕走到讲台上傻笑着说："我将来要变成一个年轻漂亮的女孩。"说完了还用衣袖揩了揩鼻涕。

邓强当时就困惑了，他实在搞不清这个同学的侧重点是要变得年轻漂亮，还是要变成个女孩。为了解除疑惑，邓强决定一查究竟。邓强因地制宜，在厕所门口苦守了一个上午。那家伙终于不负所望地来了一趟，结果邓强发现他竟和自己一样的性别，不禁大跌眼镜，而后又给了他一个全神贯注的鄙视。

至于邓强和葛亮是如何走到一个战壕里的，还要从那一年说起。那一年的冬天似乎被打了一剂催生针，来得格外早。窗外大片大片的雪花从天上砸下来，是最令人兴奋了。幼儿园的孩子们像炸了锅的蚂蚁似的在外面疯跑。邓强讨厌和葛亮这样的“人妖”在一块儿玩，就自己在外面瞎转。正好幼儿园当时有两扇黑铁门，破烂不堪，估计就算让秦叔宝、尉迟恭外加程咬金他们仨也守不住这破门。邓强突然对这个门备感亲切，突发奇想用舌头舔了一下，结果就拔不下来了。葛亮恰好也路过此处，见这小子姿势这般优雅，以为肯定挺好玩儿，于是也义无反顾地舔了上去，谁想这一上去也下不来了。邓强当时差点儿被感动得热泪盈眶，认定了有难同当的一定是兄弟！只是当时苦于舌头还黏着大门，眼泪没能流出来，不然效果肯定不亚于当年刘、关、张的古城相会。

最后还是亏得幼儿园老师及时出手相救，用温水把舌头解放下来。不然，指不定得有多少小朋友为这破门葬送了初吻。

自打老葛加入城管的行列后，葛家的生活质量也渐入佳境，由当初的七面墙升级到了市中心的三室一厅居室。而邓强家依然停滞在最初的待富阶段，看来这就是为官与为民的最大区别。

这些城管，由于力量指数不断地攀升，加之又仿效了当年八国联军以多取胜的智慧，整日里飞扬跋扈，对付商贩的手段更是令人叹为观止。

虽说城管在表面上是维护了市容,可在精神上却在打城市的耳光。这些人好像上辈子都和三轮有缘,这辈子对三轮更是情有独钟,恨不能在街上见着个轮子是奇数的车就装上拖车回去。

老邓每想及这群人的恶行,自己的左肩膀就隐隐作痛。想当初老邓听说城管只对三轮进行严打,就特意花钱定做了一辆四轮小推车。不料小贩高一尺、城管高十尺,城管迅速扩大了打击范围,对于五轮以下(含五轮)的车,一旦发现进行非法贩卖的,立即没收。

老邓当晚就吃了亏,被城管追得山穷水尽没了路,一失足,人和车都翻沟里了。城管人员见车已报废了一大半,找人打捞估计还得自己垫钱,就放弃了救援,转而去追别的车了。

邓父有幸,人没跟车一起报废掉,只是左肩膀受了点轻伤,从沟里翻爬出来,收拾收拾眼泪,准备东山再起。

邓强每每想及此事,都深深地被老爹的这种舍生取四轮的精神所感动,同时也暗自庆幸当时被追的不是自己。如果换做自己,肯定没有和车一块儿翻下去的勇气,估计在还没接近沟的时候就缴车投降了。

据邓父所讲,刚才卖白菜的大爷,人称白大爷,也有着一段辛酸往事。

白大爷住在城市边缘,去年家里的房子不知在哪犯了法,一下成了违章建筑,要被强行拆除。白大爷觉得自己和老伴儿都一把老骨头了,再搬怕是得散了架。如果自己再坚持一下,说不定事情还有转圜的余地，就像那将被砍头的人，头未落地前总幻想自己还有生的希望。不料，没过两天，大门上就被写了个大大的“拆”，而且还画了个圈。白大娘识字不多，在她眼里“拆”像是斩立决的“斩”，而且也画着圈，料想两个字长得如此相近，意思也不会差太远，便寻思道：“莫不是房子犯法与庶民同罪，大门也要一同问斩？”

拆房子那天，来拆迁的队伍动用了先进武器——推土机。二老死守屋门不出，结果不出一秒钟大门就被攻破了。二老赶紧出去扶大门，大门还没找到，窗户和炕也已相继沦陷了。

白大娘呼天呼地呼大门，白大爷骂爹骂娘骂推土机。

白大娘猛然想起枕头底下还有一张两百块钱的存折，是老伴儿一个月的工资，这下也随房子一块儿去了。一着急，一口气没咽下去，结果就再也没有气喘上来过。

白大爷哭得痛不欲生，几次都以为自己是跟着老伴儿去了，其实他是哭抽过去了。醒了之后就呼天呼地呼老伴儿，捎带着也呼两声房子和大门。

拆迁办倒是发扬见死不救的“优良作风”，继续协助推土机开拓进取、务实创新。

想当年关二爷过五关斩六将那会儿，也只不过接连攻下了五座城池，而推土机仅用半天时间就荡平了一条街，效率之高、战功之辉煌简直无与伦比。

虽然白大爷被害得家破人亡，可他却无心打官司。单是律师他就请不起，俗话说：“律师是有钱人的护照，穷人的飞机票。”而穷人是坐不起飞机的。再退一步想，就算他请得起律师，也没有证据。白大娘被气死那会儿，他们也没用摄像机取证。这就好比当年诸葛亮气死周公瑾，小周死了不也是白死的，又有谁追究过诸葛亮的刑事责任了？

因此白大爷只得打碎了牙往肚子里咽，死了老伴儿往土里埋。

白大爷没想到自己在花甲之年还要遭遇妻亡房毁的悲剧。站在河边，看着落日的余晖铺洒在水面上，把河水照得像是披上了美丽的衣裳，风轻轻拂过泛起层层涟漪，只是这美好的景色可能再也看不见了。想起自己风雨六十余载的艰辛，不禁在河边老泪纵横。他想投河，但又始终没有跳下去的勇气……

邓强还沉浸在白大爷的伤心往事当中，忽然听到一阵轰轰烈烈的车轮与地面的摩擦声。

邓强回过神，只见街头停了一辆车，从里面飞出五六个身穿制服的，车后面连着个小车厢，车身上写着“城管”二字。

老邓朝邓强大叫：“快跑！”颇有影视片中敌人轰炸机的炸弹落地之际，我方同志大喊“卧倒”的紧急之势。邓强转头去看白大爷，见白大爷开着三轮早已杀出几丈远，不禁感叹，凭这速度别说是城管，就是再让鬼子进回村，也擒他不住。当下没敢多想，拔起腿就跑，一直奔到家里面，回头一看，不由得大惊，自己问自己道：“爹呢？车呢？”邓强懊悔刚才只顾自己逃命，把爹都给甩了。

邓强估计车跟爹肯定是落网了，而依据老爹那股舍命不舍车的劲儿，怕是为了车会跟人家打起来，而从双方以往的交战经验来看，估计老爹被打肯定是无疑的。想到这里，邓强顿时陷入了两难，不知该如何是好：要是自己去了，那也只能是去陪着挨打，起不到制胜的作用，可不去又对不起自己这颗炽热的孝心。

权衡再三，邓强终于决定以身犯险，去“虎口夺食”。他去屋里收拾了几件东西，背着书包就去了城管所。

本地的城管部门已由市中心迁至城郊，单独在一个大院里。邓强来到城管所，见门口立着两只大石狮子，张大了嘴巴像是要咬人。他本想送石狮子一脚，但转念一想，这狮子肯定不会回赠什么礼物给自己，亏本的买卖还是不做为好。

一踏入城管所的大门，便看到自家的小推车正坐在城管卡车的车斗里休息。右边墙下可谓风景独好，齐刷刷的立着一排三轮，颇似当年日本鬼子的榴弹炮群，气势逼人。左边墙下停着三辆小轿车，一色的东风雪铁龙，在“炮群”的辉映下，似乎失去了轿车的本色，更像是被炸毁的三节火车厢躺在那儿。

邓强上了台阶直奔楼里，在第一层的第三间屋，看到老爹正在和老葛交涉。

老葛坐在椅子上道：“贩卖，违法也，需缴罚金三百，你——汝知道乎？”

老邓强行在脸上逼出个笑，道：“凭咱们两家的关系还谈什么钱啊！”

葛父拍案而起，说：“我们是依法办事，岂能徇私？”葛父一着急把最爱用的结尾语气词“乎”给忘掉了，等意识到，时间已拉得太长，强加上去又欠妥当，暗怪自己太追求气势逼人，把风格都忘了，只好补加一句：“晓得乎？”

邓强见大事不妙，赶紧进屋拉住老爹，以防挨揍。邓强知道求老葛肯定没用，不如直接去找局长。他把老爹拉到楼外，确认老爹暂时没有被打之忧后，自己又折回楼里去找局长。

邓强把整个大楼转了个遍，终于在顶楼找到了局长的办公室。

局长办公室的门是虚掩着的，邓强想也没想直接破门而入。首先闯入他视线的是一妙龄女郎，也就二十出头，身着绿色连衣裙，一头的卷发像是千年海藻再生。见有人闯入，“海藻”像是被安上了弹簧，立马从椅子上弹了起来。不料海藻身后还坐着一个男人，想必就是局长大人了。邓强定睛仔细瞧这位局长：单从脑袋来看，像是蝶刚化成了茧；从年龄上看，估计也有过几段血泪史了。整个人就像是一根老得将要掉粒的玉米，而且还是在火上烤过的。

邓强刚要开口说话，谁料局长先发制人，“腾”地从椅子上站起来，吓得旁边的“海藻”都一个激灵，以为是局长中风了。局长指着邓强说：“你是谁？进屋怎么不敲门？”说着便拿起话筒要打电话。

邓强估计局长这电话是打给手下的，要是一会儿他手下来了，凭他们的手段自己能不能保住个全尸都成问题，他决定来个鱼死网破。

邓强迅速从背上取下书包，用左手提着，右手从兜里掏出一黑色长方体，上面明显能看到还有红黑色按钮。他举着长方体对着局长大喊：“快把我家车还我，不然老子炸了你这鸟地儿，大伙儿一块儿玩完！”

局长震惊得话筒都掉到了桌上，“海藻”也噤若寒蝉，站在原地不敢乱动。

这时城管所的人听到了动静，差不多都聚了过来。葛父一看当时情况，本想脚底抹油溜之大吉，怎奈门口被堵得水泄不通，一时冲不出去，才无奈地留了下来。

为了稳住邓强，免得一时情绪失控真摁了按钮，葛父赶紧献殷勤道："小兄弟，要水乎？"

邓强道："操，老子要车。"

葛父赶忙道："好好好，你别激动，我去外面给你拿车。"

邓强举着长方体退到了外面。

老邓也被儿子吓了一跳，他无论如何也想不到邓强的法力如此了得，竟一下震住了这么多人。

这时葛亮正晃晃悠悠地来找老葛回家吃饭。

老葛把老邓的四轮小推车从车上卸下来，推到邓强面前赔着笑道："车，给你。"

邓强鄙夷不屑地骂道："葛洪钟，你真他妈二！"

葛亮一听老爹被骂，立刻箭步上前与邓强理论："邓强，你要你的车我不管，凭啥骂我爹二？"

此时已怒火中烧的邓强正愁没有燃料，突然葛亮杀了出来，好比又给自己添了一把柴。邓强觉得光骂他爹还不够过瘾，于是拖家带口地骂道："不光你爹二，你们全家都二。"葛亮听全家平白无辜被骂成一加一，不痛快地回骂道："邓强，你二大爷的，你他妈拿一破电视遥控器老子就怕你啦？"

经葛亮这一提醒，众人才定睛看出邓强拿着的是电视机遥控器，顿时悬着的心终于归了位，只得怪自己蠢，一听炸弹就被吓得神志不清。

邓强一听计谋被戳穿，再加上自己的二大爷都入土两年了还要替自己背黑锅，顿时对葛亮恨之入骨再入髓，不顾同门之情，飞起一脚踹在葛亮的肚子上。葛亮一个踉跄退了好几步。

老葛刚从炸弹的惊吓中缓过神来，看到小葛受辱，这还了得！抡起拳头骂道："操，活腻歪乎？"说着就朝邓强扑去。

老邓一看小邓有危险，急中生智，当即扒下自己一只鞋子朝老葛飞去。

老葛侧眼一瞄，见有暗器，大叫一声后立刻蹲在地上。

不想这老葛背后站的正是局长的"海藻"。"海藻"可没有葛父那么深的道行，还没来得及出声，就被飞鞋甩中了。老邓已半个多月未洗脚了，"海藻"哪想得到这暗器里还深藏毒气，当即被熏倒在地。

局长一看自己的女人被当面甩了一鞋，这明显是在打自己的脸嘛！也顾不得局长的身份了，拔腿欲上前厮杀。

"海藻"虽被熏倒，神智却还算清醒。眼见自己的存钱罐儿要为自己出头，她生怕出个什么意外，断了将来的钱路，便不顾个人安危立刻双手揽住了存钱罐儿的大腿。她这吃软饭的身子哪经得起天天在街上捕猎的局长这一腿，立马在台阶上表演了一个身体横卧向前三周半——滚。局长大惊，以为自己这一腿把"海藻"给甩死了，赶紧临时充当回仵作上前验尸。好在"海藻"生命力比小强还顽强，只是轻轻擦破点皮。局长长舒了一口气，暗自庆幸："幸亏没死，不然老子又得花上一笔。"

这边厢葛家和邓家两对父子兵正打得不亦乐乎，局长担心小蜜再吃亏，赶忙对身后正在看戏的手下说：“快、快去把他们拉开，拉开！”

难得有幸当回旁观者的手下们眼见这架还没打到高潮就要被扼杀掉，不禁备感失落。就好比一群人站在楼下，等着看楼顶的人往下跳，等了两个多钟头，楼顶的人忽然宣布不跳了，不免让楼下的人感觉扫兴，局长的手下们似乎比楼下那群看客还失落，只是迫于上级的命令，才极不情愿地上前把架拉开。

战斗终于结束了，局长本来想打电话给派出所，让他们来收拾残局，但转念一想，若真把他们招来，自己也够丢人现眼的，他决定要狠狠地诈上邓强们一笔。

局长理了理情绪，让五官重获自由后，慢慢走到四人前面，道：“怎么办吧？你们看怎么办吧？”其实这招是以退为进，待一会儿别人说不出的时候自己好开口要价。

邓强和葛亮都装哑巴，老葛和老邓也都支支吾吾。局长见局势已掌控在自己手里，为了让他们明白自己所犯错误的严重性，又补充道：“你们犯的是故意伤害罪，知道吗？轻则拘留罚款，重则判你们几年也不为过。”

四人着实被吓了一跳，没料到事情还和刑事案件挂上钩了。局长见时机已经成熟，试探性地给他们出了个选择题，道：“你们是要官了还是私了？”

老邓低声问：“官了怎么个了法？”局长一听此话，立刻把自己早就准备好的话倒了出来，道：“报警，告你们个故意伤害罪，寻衅滋事罪，恐吓罪，私藏炸弹罪。”

邓强惊讶此人列罪名比列公式还溜，而且还非常大方，开出这多条罪还用“个”来形容。

葛父本来与上级维持着友好的马屁关系，不想今天开罪了上司，现在是又惊又怕，他真的怕局长今天会大义灭“亲”，狠宰自己一刀。葛父深知上司讹人的本领绝对堪称一流，只得怯怯地问：“那——那啥叫私了哇？”他吓得连话都跟着一块儿颤抖，也顾不上拿腔拿调装斯文了。

局长貌似宽容其实内心有点迫不及待地说道：“赔偿点医药费就算了，每家出两千。”

老邓一听这话差点瘫坐在地上：“自己挣钱都是一块一块的，这孙子一张嘴就两千，太不尊重人民币了。”

局长见四人皆面露难色，便又故作轻松道：“官了也好，我一同学就是派出所所长。”其实这话是诈葛、邓两家的，为的是把官了这条路给堵死，逼着他们跟自己私了。

葛父平时自认在敲诈方面已足够黑，今天领教了上司的道行，顿时觉得自己连当小黑都不够格了。他输得心服，甘愿掏钱，再说两千块钱在葛父眼里也算不得大钱。

老邓原本打算宁出命也不出钱的，大不了来个人车同殒，十八年后又是个炸臭豆腐的好汉。只是如果自己真去了，冥界也不过是多了个卖炸臭豆腐的冤鬼，而人间却又多了个无爹无娘的孤儿。邓母去世得早，老邓在邓强很小的时候就担起父爱母爱兼施的重任，“男人的另一半是女人”这句话在老邓身上得到了充分的体现，说老邓管钱风格像女人也是源于此。

惜车如命的老邓，最终也咬牙决定出钱，想着是为了儿子，老邓心里也舒坦了不少。

邓强惊异于老爹今天会如此大方。回家的路上二人还在不断地互相吹捧。老子直夸儿子今天作战勇敢，知道维护爹。邓强也把什么武力过人、出手大方等帽子强行扣在老邓头上。其实邓强夸老爹出手大方主要是为了在自己上学的时候，老子能给他多带点银子。

父子二人全然没把今天的不快放在心上，反而把今天发生的事当成了一段辉煌史来炫耀。伴着落日的余晖二人消失在了街头的转角处。

错位的校长

从城管所回来后的这几天,邓强都在忙着恶补寒假作业,因为明天就是开学的日子了。年前放假的时候,各科老师都毫不吝惜纸墨,见空下题。六门功课所发的卷子订起来能顶本词典厚。邓强前几日忙于做生意、救爹,冷落了寒假作业,现在才想到收拾一下外出的心回归学业。如今卷面上除了不会做的,剩下的基本都是没做的了。此时再想与作业重温旧情,却总也找不着感觉。连当初会做的那点儿,现在也叛变到不会做的那边去了。邓强与作业交流了一天的感情,双方最终也没达成共识,该不会的还是不会,不该会的就更不会了。翻来覆去做得心烦意乱,后来居然读着作业的题目都像是病句。

选择题对付起来倒还算容易,只要不选出 E 以上的字母,其他四个选项都还有对的希望。判断题也不算困难,只要不持中立态度,也不算是不会做。但是填空题蒙起来就有了些难度。万一哪道题的答案应是数字,自己却把汉字给填了上去,让人看了不免会贻笑大方。有的题目废话尤多,展开后得有几十厘米长,理解起来太消耗脑筋和时间。因此邓强见着不顺眼的,或者题目的字数比空还长出十好几倍的填空题基本都是跳过。简答题连看也不看，直接跃到下一张卷子。靠着这种化繁为简的方式，邓强才得以用几天的时间，把这一大堆试卷给征服了一半。

老邓这两日也没去“上班”，疼钱疼得心情低落，窝在家里修整小车，顺便修心。他知道儿子明天就要开学了，这一别又得一个月后再见，晚饭时特意炸了几串臭豆腐为儿子饯行。

饭间老邓掏出两百块钱递给邓强。邓强侧眼瞄了一下，但并没去接。他盼望着奇迹的出现，希望老爹能给自己再添一百。果然老邓又把手放回口袋里摸索了一阵，请出六个一块钱的钢镚儿，说：“这六块是来回路费。”

邓强估计老爹不会再有把手放回兜里的可能了，接过钱，心下盘算着这钱怎么花才能撑到月末，如果提前用光了，那就得进丐帮。所幸这两天做小生意还贪了五十元，有这两百五能坚持到下个月了。

老邓话多，每次往外拿钱都埋怨邓强不用功，把花钱的心痛都转移到对儿子的失望上，怪邓强不争气，说每次跟别的家长吹牛都让自己抬不起头。人家都是说“我儿子怎么怎么样”的句式，而自己只能用“我儿子小时候怎么怎么样”的句型，因为时间隔得久，不会有人追查下来。每次说到此处老邓都恨铁不成钢，要举手打邓强。

邓强并不觉得自己有什么过错，转而把父亲对自己的“恨”又转到对别人家长的恨上，因为邓强始终认为，没有比较就没有伤害。

葛父经上次一役，不但身体受伤，面子也被杀得精光，总结起来就是伤亡惨重。这两天告假待在家里疗伤，身体上的伤倒是容易恢复，只是面子上的伤恢复起来就得多费些时日。

葛父把儿子叫到跟前，随即又把四百块钱递到葛亮手中。葛亮接过钱，知道老爹出完钱后，必会附赠给自己一番言论，于是站在原处静静地等待高论的来临。葛父点上烟吸了一口。葛亮知道老爹正在酝酿腹稿，等到老人家快被吸进去的那口烟折磨得受不了了，那就是自己翻译文言文之时了。

葛父徐徐吐出口白烟，随即道：“此次尔去需虚心学之，进步了，勉之。退步了，改之。女人切不可思之，同学万不可打之，自己万万不可被打之。”葛父说得太急，一时忘了下文，刚要借吸烟掩饰，那下文又像是跳出水面的鲸鱼，自己蹦了出来。葛父接着道：“我料想邓家那臭豆腐小子将来定不会出息。切不可与其同流，以免变污，影响了你的似锦前程。”

葛父说到小邓，不由得又联想到老邓，一时间被新仇旧怨冲昏了头，恨不得立即将邓家连根拔起，不禁自顾说道：“只恨那些小商小贩不能斩尽杀绝，影响了我城市欣欣面貌。”葛父反应过来自己说得有些跑题，抱歉地朝葛亮笑了笑，又说：“汝父我也算身兼官职，食国家之俸禄。想必是祖上积德，要葛家时来运转。总之，你就是要好好学习，将来超越我。”葛父感觉自己说的这番话斐然成章，当即向儿子求证道：“吾与汝文言文老师孰更牛乎？”

葛亮听得几乎要睡着，除了最后一句听到以外，只记得老爹说什么女人要思之。葛亮整理了一下表情答道：“汝牛。”说完之后感觉这话不对，老爹咋一下成了“乳牛”？刚要改嘴，见老爹那股乐不思牛的劲儿，葛亮把话又吞了回去，站在旁边只是竭尽全力憋住不笑。

老葛被小葛马屁拍中了要害，一时脑筋癫痫，竟额外又赏给儿子一百块钱。

这夜邓强睡得极不踏实。一来是作业没有完成，二来是上学期的期末考试结果还未卜，二者合力强暴了自己的睡眠，直到半夜才入睡，睡到第二天早上九点才醒。醒来后赶紧摸了摸钱，发现那两百五尚在人世，放心了许多。

收拾完一切已接近十点钟了，老邓把邓强送到小班车站。

北方的天在二月份还是冷得出奇，但太阳毫不吝啬自己的光芒，洒遍整个大地，温暖着一切。邓强看到阳光下老爹微白的发根已愈加明显，不禁鼻子一阵酸涩。接过老邓给自己炸的一包臭豆腐，顿时两行热泪化作一滩口水被吞了下去。

邓强上车就开始给自己补觉。怎奈前排座位坐了两个“扩音器”，男的在那神侃，女的就在旁扮鬼烘托，时不时俩人又像是被点了笑穴，笑声如撞钟还此伏彼起，刺激得邓强直想去少林寺出家。这班车的车玻璃又像是患了羊角风，“稀里哗啦”地抖个不停，邓强担心睡着后玻璃会掉下来把自己砸死。被摧残得无语又无眠后，邓强只得拿出臭豆腐吃以作消遣。结果一块臭豆腐还未下肚，就惹得众人捏着鼻子找源头。看来臭豆腐这东西只有吃的人会感觉爽，而闻的人却受罪。

邓强抬头见一车人都在用眼神谴责自己，窘得差点把臭豆腐顺着窗户扔出去，赶忙打包。

邓强在一所普通中学补习。这所学校虽是公办，却欠了银行一屁股债。这两年大肆招收补习生，所以该校学生包括应届在校生和往届补习生两类。补习生仿佛是离过婚的女人，在接受过启蒙教育后准备重振旗鼓，征战第二春。补习生相当不被看好，就好比是被重新整编的俘虏，以前就算再精锐，现在也只能是预备队。因此应届班的就严重鄙视补习班的，他们认为现在混进补习班的没出息者居十之八九，等到将来更是会高达百分之百。补习生们自己也瞧不起自己，加之每次统考的平均分都比应届高三的多出那么零点几分，便顺理成章地认为：“这群小子混进补习班也是迟早的事。”

车终于到站了。邓强有幸没被车上那两个人肉“扩音器”给震死，安然无恙地从车里走了出来。见到久违的学校难免一阵欣喜，可一想到作业和分数，好心情又被斩杀了大半。

接近校门口，便看到去年校长为补习生题的那副对联赫然贴在大门两侧。虽然纸板的底色已快褪尽，但字迹依旧清晰可辨。

上联是：

一补二补不算补，三补四补更舒服

下联是：

五补六补有点苦，七补八补真功夫

横批是：

再来一年

就是这副数字对联，引得无数少男少女竞折腰。邓强不由得庆幸自己只是处在“不算补”的阶段，如果再补上一次，估计还没享受到“舒服”的时候自己就得挂掉。

刚要踏进校门，邓强就被校警拦住要校卡。

这所中学地理位置并不好，前后左右均是居民区，那儿的楼房由于年久失修，像是患上了腰肌劳损，随时都有瘫痪的可能。学校正好被挤在这群危楼中间。不幸的是，前两年市政府出台政策要规划城市布局，学校又很遗憾地被排除在了规划范围之外。随着四周建筑的不断拆迁，学校似乎成了平原上的一座孤坟。没了危楼的威胁，倒也省得担心哪天不小心会被砸死。只是学校四周空空如也就给学生们外逃上网创造了便利条件，其实即使真有四面围墙也阻断不了学生们外出的热情。

有些校友轻功不到家，在翻墙时不幸折断了腿。那些家长来学校为孩子的断腿讨说法，口号是“学习怎么就学断了腿？”学校无奈，只得赔偿医药费。为防资金再次外漏，学校加大了对学生的监管力度，并加装了监控设施。为了不出一点疏漏，又额外加了一名校警，加强人力监控。

校警姓雷，名二炮。中等身材。五官像是“围点打援”战术中被打的援兵，都急欲往中间靠拢。两条眉毛成了“V”字状。嘴巴走上了弯路，就目前形势来看，应该是不归路，估计短期内还探索不出正确的路线，暂时还成“人”字状。因此造成了今天眉毛和嘴巴对鼻子的紧逼之势，只是无限的接近，但不相切。雷校警穿上制服、戴上帽子后，酷似黑猫警长。

江湖传言，雷二炮十六岁便浪迹社会，大架、中架、小架加起来打过三十余次，而且未受过一点伤。关于此人的传说也有两个版本。一个版本是，有一次喝醉酒后被五个混混围攻，结果二炮一脚撂倒了俩，其中一个肋骨还断了一根，剩下的全吓跑了。另一个版本是，雷二炮曾单独面对三个混混，不同的是二炮被人撂了，爬起来后又直接给人跪下了。而那仨混混仍旧不依不饶，还有越打越过瘾的趋势。二炮怕那哥仨操劳过度，累坏了身体，于是忍着疼趴在地上装死。三人见二炮已由阿拉伯数字“1”变成汉字“一”，便没了兴趣，就此罢手。但不论哪种版本，总之能全身而退的就是英雄。

当下邓强没敢怠慢，立刻把手送回兜里摸索了一阵，找到后把校卡递到二炮手中。二炮在确认不是黑户后，刚要把校卡还给邓强，忽见一大堆人迎面走来，为首的正是校长。人前还有一个拿着相机的，时不时单膝半跪给校长来上一张。

在靠近校门口处的那尊雕像前，校长忽然停了下来。后面的人始料不及，差点把校长推倒，都赶忙急刹车。校长一手指着雕像，一面回头对后面的随从发表高论，引得那帮随从连连点头。

拿相机的哪能错过这样经典的镜头，赶紧来了个抓拍，其间一共换了四个角度。看来本学期首期校报的头版内容已经明确——“校长亲巡指导，挥斥方遒，规划美好蓝图”。

忽然，记者调转相机把镜头对准了邓强这边。

二炮一见此状，哪肯错过这扬名的机会，立马把刚要归还校卡的动作改成为邓强别上。

对着镜头，邓强受宠若惊，激动不已，心想终于跟名人的生活接上轨了，二炮被撂那个版本的传说，在他脑海里已经消失殆尽了，取而代之的是二炮的英雄形象。

邓强挺胸抬头，任由二炮在自己胸前凌辱着。

记者“咔”摁下了快门，把这个镜头抓拍下来作为第二版内容——“雷二炮亲手为迷途学生别上校卡，让失落的他重新找回自我”。

告别二炮，邓强内心像是飓风来临时的大海，澎湃不已。脚也跟着澎湃，一会儿工夫就闪到了宿舍楼。邓强喜不自胜，不禁用手摸了摸校卡。低头一看，眼睛差点儿蹦出来，原来二炮扬名心切，竟粗心地把校卡给自己别反了。霎时澎湃的心像是被泼了一盆冰水，瞬间熄火。邓强取下校卡放回兜里，顺便把关于二炮的记忆一并装了起来，之后朝着宿舍走去。

邓强住在二号楼601寝室，这层楼住的全是补习生。每个房间可容纳九人，除上下铺八个床位外，又在靠窗户边安了个加宽床。本来601寝室也住九个人，邓强正好睡在加宽床上，那八位室友都唯自己马首是瞻，邓强好不快活。怎奈近两年大学招生老爱拿替补阵容凑数，上个学期刚开学不久，下铺的除了邓强以外，先后又都被大学补录走了。那四人如同在洪灾中获救的，乘着最后一艘小船去迎接新生活了，走时还不忘对仍被困在洪水中的曾经的战友们说：“兄弟们，革命尚未成功，同志仍需奋斗。”

偏偏上铺的人都比较团结，没一个肯下来陪邓强，只剩下邓强在下铺“独领风骚”。邓强每感寂寞之时都自我安慰：“就当上铺天堂，下铺苏杭，各有千秋，我睡个三人床更舒服。”

现在的五个人中，除了邓强和葛亮来自普通中学外，其余三个均下放自重点高中。进门左上铺住的叫李不理，由于他自身滋生的叛逆因子过多，累及了脸也跟着叛逆，五官严重拒绝平庸。他平日自夸“九门独雄”，自认九门功课无人匹敌，自视甚高，一直抱怨，上了高二学校非要分文理班，害得自己不能九门兼修，不然肯定能拿下全国第一。

李不理首次高考超常发挥，差一点儿就上了二本线。他回来自吹自擂道：“小爷我去年就是不想走，才故意考得那么少。全国两千多所大学，我想上哪个就去哪个，我来补习都不用学，目的就是等待第二次高考。”在李不理眼里，上大学就跟上茅房一样容易，而且只要是个茅房他都能进，不论男女。

李不理热爱文学，对生物也颇有兴趣，并继达尔文的进化论和布丰的退化论之后，又提出了“稳定论”一说。他认为人类是超级外星人创造的，因此人类生来就是这副模样。若按达尔文的“适者生存”来讲，人类面对诸多“不适”的环境，并未有资料记载关于进化的实例，而人类长期以来稳定的繁衍生息却是人所共见的。综上所述，进化论纯属胡诌，退化论更是放屁。李不理这一“理论”的提出，直接撂倒达尔文和布丰，震惊了全校。同学们都称李不理“神经病”。

李不理面对众人的嘲讽，首先在语言上进行了反讽，说他们什么都不懂，这辈子只知道繁衍后代，没前途，而后又列举出布鲁诺的动人事迹，表示要怀着为真理献身的精神，勇于坚持自己的理论，相信将来定会让人类对生物学的认识提高到一个新的水平，最后名标青史。此话一出，同学们纷纷被李不理的脸皮所打倒，佩服得无言以对。

李不理情文并茂、洋洋洒洒写了万余字的论文，详细阐述了自己“稳定论”的观点，并寄给一家大型报社，以求通过媒体来震惊全国，继而轰动全世界。不想自己的鸿篇巨著自打发出去后便杳无消息，最后连一个人都没轰倒。自己的独特创见被扼杀在摇篮之中，李不理顿生绝望，此后叛逆因子与日俱减，只是那张叛逆的五官却永久地保留了下来。

进门右上铺睡的叫马超群，小名叫小 TWO。在家里排行老二。马超群原来的小名不叫小 TWO，叫“二”。后来经宿舍全体成员商议，认为“二”这个名字叫出去会严重影响舍容舍貌，经过激烈的争论，大家一致认可了小 TWO 这个名字。马超群本人也对这个中英文结合的产物甚为喜欢，他觉得“TWO”还和“WTO”沾亲带故的，原版字母都没变，只是顺序被打乱而已。看起来也气派不凡，光名字就直接和世界贸易组织接上轨了。

小 TWO 的父母都是商界强人，家里有着雄厚的经济基础。马父、马母的计划是两个儿子高考过后，就立马把他们送去国外深造，为将来能把自己的商品打到国外市场奠定基础。小 TWO 的大哥大马十九岁时便被打出了国门。到了日本以后，大马认为自己以前就是一只井底之蛙、檐下之雀，国外的新鲜事物让大马新奇不已，入学不久便加入了相扑队。但很不幸在一次对扑训练时，遇到个重量级选手，刚一个回合下来，大马的腿就让人给摔残了。大马伤愈后退出了相扑队，改去学蹦迪。由于整日贪图玩乐，荒废了学业，结果期末考试一共考了六门，挂了七门。那额外陪赠的一门本是沟通课，不用考，只需要和老师交流便可，只不过大马日语水平实在有限，刚学会用日语骂人，还达不到与老师交流的程度，新学的知识也没有施展的机会，结果也挂了。

大马才出国不到一年就被劝退回国，成了个“海带”。所幸大马从日本回来以后没像日货那样处处遭人抵制，不久就在爹妈的努力下在一家报社谋了份差事。

马父、马母在对大马感到失望的同时，把所有的希望都寄托到了小马身上。

二老深刻总结了大马失败的教训，得出两个结论：第一，小马以后出国绝不能再去日本；第二，必须等小马满二十岁才能让他出国。他们认为，过早出国孩子的好奇心得不到满足，难免会再犯大马那样的错误。小 TWO 今年恰好刚满十九岁，马父、马母便把儿子送到补习班来补补岁数。

小 TWO 对面睡的是孙芊一。这名字乍一听像是“仨掐一”。就 601 寝室而言，孙芊一是唯一一个能在长相上撑得开场面的人，人和名字一样，较女性化。身子瘦得像大葱，头圆得像大蒜，都是绿色蔬菜，很难不讨女孩子喜欢。小孙牵女孩的手比去农村牵头驴还容易，经他手牵过的女孩儿加起来快能组个娘子军连了。在这一点上，邓强和室友都无法与之匹敌，恨只能过眼瘾不能过手瘾。

但孙芊一有个毛病，就是四处拉债。由于孙芊一欠债过多，便得了“债王”这么个荣誉称号。估计他历史上的债主加起来排成队，要比马拉松赛道还长。“债王”拖债的手段更是了得，一般都是今天拖明天，明天拖后天，后天拖无期。最后把来要债的人都拖得不好意思再开口了，这债就算清了。

最狠的一回是三个债主一同逼上门来讨债。那三位志同道合的债主原本素昧平生，在601寝室门口萍水相逢，相互交流了自己的惨淡境遇后，不禁惺惺相惜，都发了狠，此次就算把“债王”的骨头给拆散，也要拆出它几个大子儿来。

邓强料定这次孙芊一“不得善终”，还特意为他准备了一卡车的笑停在嘴边，只待一会儿好戏上演，就把卡车开出来笑个够。

不料那三人道行太浅，被“债王”一句话就给顶死了。

只见孙芊一一拍大腿，站起来说：“哎呀！我把钱落班里了。明天，明天一定还。”那三个倒霉鬼自知今天遇上了个拖债鬼，法力不如人家高，只能接着倒霉了。三人都能想象得出来，明天再去讨债，他肯定会再一拍大腿，然后说：“哎呀！记错了，我把钱都放宿舍里了。明天，明天一定还。”

邓强原本给嘴准备好的“笑”顿时变成了“孝”，守孝的“孝”，为那一卡车无故死去的笑“守孝”。

四个室友之中，只有葛亮与邓强关系尚佳。理由很简单，俩人最初都是来自普通高中，面对重点中学的下放分子时很容易团结在一起。心里感到不平衡时，彼此还能为对方送去慰藉。即使是互吹互欺，虚荣心也能达到满足，不至于仗还没打士气先丧。必要时俩人也能迅速结成统一战线与对手抗衡，避免被蚕食。

可惜自打城管所一战后，连最后一个战友都被自己执行“枪决”了。现在邓强对面站的全是敌人。葛亮和小TWO两人是臭味相投便称知己，平日里一个鼻孔出气。

李不理像是孤芳自赏的大侠，自命不凡。每个同学在他眼里都只是会繁衍后代的动物，他在班里的人缘和邓强在宿舍的情况不相上下。

孙芊一更是没人敢惹，因为惹上了就脱不开干系，不论男女生。男生方面基本上都是去要钱的，女生方面则是和“牵手”有关。

邓强推门进了宿舍，见四大金刚均已到齐。李不理正跪在床上装被子，听到推门声，朝门口扫了一眼，见是邓强，立刻又沉下头自顾去忙。

葛亮正坐在自己床上看书。邓强一见葛亮，忙递上一个镇压式的眼神，自古先眨眼为强、后眨眼遭殃，邓强本想自己这串电波发给他，即使不电他个“花枝乱颤”也能弄他个“大脑休眠”。不料葛亮像是个平面镜，与邓强对视了几秒钟后，把电波又扩大了好几倍给反射了回来，灼得邓强大脑差点休克，紧张得赶忙转移视线。

孙芊一则躺在床上睡大觉，被子从头一直捂到脚，与遇难者遗体无异。至于是真睡还是假寐，无从考证。不过他身为一个屁股的人背着几屁股的债，却还能悠然睡出自己的风格，连神龙都不辨首与尾，实在难得！

小 TWO 正站着吃苹果，见邓强进来后如同流浪狗一般没人搭理，一时慈悲为怀，赏了句话给邓强：

“啥时候来的？”

邓强一惊：这世上的人还没变成哑巴，却都变成废物了，张口就是废话，他明明是看到我刚来的嘛！不过既然好不容易才有了跟别人说话的机会，邓强只得将废话回收，赔笑着说：“刚来的。”

小 TWO 走到自己床边，从苹果袋里拣出个比较中看的扔给邓强。

邓强接到施舍，感动不已。为了不让施主失望，表现出好像自己这辈子都没吃过苹果的神情，他擦也没擦，一口咬掉四分之一。不料这苹果中看不中吃，邓强第一口便把虫子洞给掀了出来，碍于小 TWO 一片好心，不好就这么扔掉，只好绕着虫子眼儿吃。到最后把虫子的房子吃得差不多了，房东也不堪寂寞，从苹果核里爬了出来。邓强不忍再下口，怕一会儿不小心一口把这哥们儿给腰斩了，出门把虫子窝丢掉，回来收拾床铺。

小 TWO 本打算再给邓强挑一个苹果，邓强连忙摆手——他实在不想再吃出什么怪物来了。

邓强走到床边，见李不理的“兄弟”还活着，一阵惊叹。李不理的“兄弟”是一只小乌龟，去年宿舍刮过一股宠物风，众人纷纷买金鱼和白鼠陶冶情操，李不理为彰显个性就买了只乌龟。等到别人的鱼和鼠都寿终正寝了，李不理的乌龟依然没赶赴九泉，实在是长了主人的脸，李不理更是对乌龟呵护有加，亲如兄弟。邓强每感委屈时，都找这乌龟撒气。轻则报以一顿乱打招呼，重则把它掀翻在地，让它面天思过，一边祸害着乌龟一边咒骂着仇人。

邓强把卷着的被褥铺开，一股霉味迎面扑来，不知道的还以为这被子是养虫子用的。相比之下，住上铺就好得多，因为一般地皮蒸发的水分都被下铺的无条件拦截了。邓强的室友们倒不用担心会殃及自身，平日里在宿舍洗头、洗衣服肆无忌惮。洗完也不拖地，弄得宿舍像是舆洗间。有时为了躲避检查卫生老师的眼睛，把未倒的洗脚水直接藏到床下，任其自由蒸发。有了李不理那只乌龟的加盟，宿舍简直成了海洋生物馆。

邓强见自己的被子霉渍斑斑，赶紧抱着被子去了楼下，没想到晒衣区的被子还不少，基本上都是得了发霉症。相比之下，自己的算是小霉见大霉了，感觉又安慰了许多。邓强忧心作业，回宿舍简单地打理了一下，抱着卷子就去了教室。

排名第八十位

补习班的教室要比普通班的大出一倍,学生人数更离奇,超出普通班级三倍有余,听课质量也就可想而知。若不幸沦落到最后一排,或者再不幸一点儿,稍稍又有点儿近视,上课时恐怕连辨出老师是男是女都有难度,要想看清黑板上的字,实在是开国际玩笑。因此前排座位向来都是学生们必争之地。安排座位时,高成了低则不就了,低就了高又不成了。有人提议按身高排座位,个头矮的举双手赞成,个头高的都坚决反对,理由是知识面前人人平等,无高矮之别。有人提议按眼睛近视程度排,患近视眼的举双手双脚赞成,外加四只眼睛极力拥护;没近视的学生持反对态度,并反问一句:“我没患近视还有错了不成?”几经讨论,始终不下结果。最后班主任决策说:“按考试名次排。”理由是补习生已跳出正规学制之外,应该按照自主政策,好位置自然由能者居之。此话一出,成绩靠后的也无权反对,只得从命。排完座位后也算相对合理,靠后排的基本都是个头高的和没患近视的。

邓强起初光荣地位列倒数第三排,多亏上天有好生之德,后面还留了两排成绩更烂的给他找安慰，心理上稍感平衡。

葛亮稍强于邓强，居倒数第四排，把邓强也当成安慰，他心理上更加平衡。后来邓强的下铺同盟战友被补录走了，前排座位空下了两个，邓强和葛亮抓住时机，立即填补。二人平步青云，直接升到正数第四排，而且还是同桌。经这么一跃，把李不理都甩在了后排。李不理心里又急又恨，恨自己没当机立断，贻误了战机，以致自己倒一下成了别人的安慰。

李不理不容自己的尊严受到一点点伤害，私底下给班主任打报告说：“班里有人无法无天，私下里乱串座位，完全不把班规当一回事，还说我们这种按成绩排座位的方式本身就是一种不尊重他人自尊的狗屁行为呢。”

班主任一听有学生非议和冒犯班规，当即大怒，但转念考虑到学生的自尊心，便又强压下怒火，决定悄悄解决。

当天下午，班主任就拿着上次高考的成绩单到班里逐一对照，并把邓强和葛亮带到办公室问话。

这时的邓强和葛亮是心有灵犀，一并装傻。

班主任没辙，觉得太照顾学生的自尊心就是放纵他们，只好明说道：“你们两个以前的座位在哪？为什么乱串桌位？有同学已经来我这儿反映，说你们不遵守班规。”

二人听后齐惊：这么秘密的事还能被揭发？班里肯定潜藏了“特务”。葛亮被吓得当即傻掉，一言不敢发。邓强装作临危不乱，诌道：“老师，不是我们违反班规。其实是这样的，因为我们班有同学被补录走了，前排有空着的座位，前几天校领导大检查，我们担心领导看了会误以为有同学旷课，影响到我们班的名誉，所以我们才临时补上去的。”邓强把这谎撒得大公无私，连葛亮也对他另眼相看。

趁班主任点头之际，邓强又道：“其实我们并不一定要坐到前面去，在哪都是一样听您的教诲。”说着望向葛亮，葛亮及时领悟，忙向班主任说是。

邓强又开河道：“倒是我们班有的人，觉得您这种安排座位的方式不合理，说您有私心，特别照顾他们。”说完，邓强小心观察着老师，见并未激怒他，又道：“他们还举例子说，如果座位是能力的象征，那每次学校组织开教师会您都是坐最后一排，可见您在学校里是教得最差的。”

班主任被激得几乎要跳起来，急道：“尽胡说，你是听谁说的？”

邓强当然说不出这个人，只是敷衍道：“我也不——太知道，就是去厕所时听别人说的。”班主任问葛亮，葛亮也表示不知道。

班主任怒道：“这样的学生，唉！将来可怎么是好。”等意识到屋里还有两个人，才对葛邓二人道：“你们先回去吧！我希望这件事就到此结束了，我不想对那几个学生心理造成伤害，影响他们的前途。你们的座位——也不用换回去了，我对你们两个是很看好的。好好努力哦，别辜负老师对你们的一片期望。”二人听后一阵感激，谢过赶紧回了班级。

葛、邓二人很珍惜“前辈们”给自己创下的“大好山河”，立志要保住阵地。可是学了几个星期之后，上课听得半懂不懂，如坐云雾一般。俩人于是一致认为老师也是三平二满，属驽马钝刀之辈，只是在那穷应付。前排那些所谓的好学生更是饭袋酒囊，只会在前边随声附和。失望之后，俩人又开始进入涣散状态。

邓强走进教室，像是走进了一盘象棋的残局里面，座位上零星的坐着几颗尚未被吃掉的棋子，都在忙着补作业。邓强瞄了又瞄，也没瞄到一个能说上话的，连个穷寒暄的对象都没有。补习班的学生一向都是如此。接触时间短，关系也浅，再者说全班一共一百三十人，比梁山好汉还多出二十几个，想一一叫出名字都非易事，就更不必说互相了解了，半年下来能混个脸熟就不错了。这情况就像联合国组织，每一个人就代表一个国家，相互不干涉内政，偶尔有两个建立邦交的，见面打声招呼就权当友好访问了。不熟的两个补习生见了面，互相不理。当然美女和帅哥除外，因为这类人是同学们争相关注的对象，毕竟相貌也是资本。

快到自己座位时，邓强忽见最后一排的两个角落各藏着一对儿情侣，由于被书墙挡住了，刚才没看到。想来谈恋爱如今也升级成教室文化了，场地也已由黑暗的操场角落转移到教室，看来下一步就得迁往宿舍了。不过细想也有道理，谈恋爱当然得有课本衬托，借着书香更加浪漫。书墙还能遮挡别人的视线，省得被外物所扰。这下“黄金屋”和“颜如玉”都齐了，读书的快乐算是被挖掘得淋漓尽致了。如果条件允许的话，还可再备上一壶茶，免得谈累了口渴。万一谈崩盘了，也有个东西摔摔，好解解气，不至于耗大力气去抡凳子。

当下还不是勾勒谈恋爱画面的时候，最重要的是先把作业给谈妥协了。自打进教室以后，整个下午不知不觉就过去了。作业做得是昏天暗地，到最后连自己做的是哪门功课的题都辨别不出来了，物理、化学、生物和数学彻底混为一谈。时不时从大脑里蹦出一个公式也不知道是出自哪门学科，却又觉得对这四门学科都通用，所幸语文和英语不必套用公式，否则就集体通用了。

邓强觉得自己积累了二十年的智慧在一天里都用光了，而且还透支了几年的。刚才由于过度用脑，以致现在精力严重亏空，思想和手联合起来抗议，都开始变得麻木。一时失去了自我把持的能力，神经质似地见空就填，甚至把卷子上写姓名的那条线也给填了 C。

邓强止笔抬头，左手给右手腕做了个全方位的按摩。忽然饥饿之感从体内各个角落呼啸而至，这次累得连笔也不想拿了，直接丢到了桌上。也不知道现在是几点钟，自己穷得连块手表都没有，每次想知道时间都得求助于他人。

邓强快速把前后左右扫了一遍，只有斜前方的胡贝贝还不算完全脱离组织，和自己仅两排桌子之隔。邓强朝她喊道："哎，胡贝贝几点了？"过了好一会儿前方也不见动静。邓强以为自己音量不够，把声音又扩大一倍给传了过去。这次不光胡贝贝听见了，全班的人都听见了，齐刷刷朝这边行注目礼。邓强第一次让这么多人注视着，脸不由略显微红，他假装没瞧见其他同学，只是用期盼的眼神望着胡贝贝。

胡贝贝更夸张，听到声音后像是一条受了惊吓的蛇，迅速把头摆了过来。由于头发事先未接到通知，没能跟上脑袋的节奏，结果糊了胡贝贝一脸。邓强被吓得够呛，一时饥饿感全消，集中全部注意力，时刻提防着有不明飞行物朝这边袭来。

胡贝贝迅速扒了几下头发，邓强终于看到了那张凶神恶煞的脸和满脸暴怒的神情，不禁在心里暗叫："完了！"他悔之不及，没想到自己惹恼了胡贝贝这只现实版的母夜叉。

夜叉扯着嗓子朝邓强喊道："昨天那时候，自个儿算。"

邓强窘到了极点，脸烧得通红，像是被涂了一盒印泥。他没想到自己积累了二十年的老脸，今天竟毁于一旦，一时词穷，竟不知该如何对答。胡贝贝瞅着邓强当众出糗，犹如见到有人失足落水一样，她在岸边看得喜出望外，开心得不能自已。

就在这危急时刻，幸亏团支书拔"嘴"相助，对邓强道："六点三十了，快上晚自习了。"

邓强为这句天籁感动得差点五体投地，连连朝团支书点头称谢。

那团支书年方十九，情窦未开，她哪里敢再恋谢，立即转过头去假装看书。

邓强还沉浸在自己的浮想联翩里，偏偏饥饿感又排山倒海来袭，一下冲断了他的白日梦。不想这作业的魔力还真强大，除了精神备受摧残以外，连肚子也跟着受牵连。此时葛亮正抱着课本进来，邓强一眼瞟到仇人，顿时连痛苦都没了力气。自从城管所交战之后，两人如同当年日本人旗下的皇协军和保安团，一直在心里暗暗斗法，表面上谁也不理谁。李不理来了之后，三人互相不理。

晚自习上得无聊透顶，老师也不见踪影，放任学生在班里开小会。邓强的精力此时已耗费殆尽，现在仅凭一点残存的信念在那儿苦撑着。他一手拎着笔，另一只手扶着头，表面上是在思考问题，实则在闭目小憩，目的是回应同样正在假意学习的葛亮，以求在气势上不败于下风，在心理上能找回平衡。就在这时，突然有人撞门而入，全班同学目光齐刷刷地聚集过去。邓强虽然还迷迷糊糊着，但警觉性不减，条件反射地以为是城管又来追杀了，站起来就想逃跑。

再定睛一看，原来是语文科代表抱着一叠试卷进来，正招呼着前排同学帮着发卷子，她本人倒有当年慈禧太后的风度，把试卷都交给那帮“太监”去发，自己坐到座位上乐得清闲。邓强猜测科代表把语文给考瘫痪了，挨了老师的批评，刚才肯定是把门当成老师给踢了一脚，发泄怨气。

邓强暗自幸灾乐祸：“都考瘫痪了才好，最好是考得全军覆没，这样才不易拉大差距。”其实他有这样的想法也不足为怪，就好比叫花子自己成不了有钱人，当然希望人人都跟自己一样穷。

葛亮先接到卷子，邓强起先佯装满不在意，趁葛亮低头查试卷之时，迅速偷瞄，瞄了好几次才窥到分数：90 分。邓强在安心之余不禁添了几分得意，自料定这门课必超葛亮无疑。

葛亮翻来覆去地拨弄着试卷，他最希望的是批卷人粗心，把分数加错了，给少算了几十，然后自己再虚怀若谷地对外宣称：“分数乃身外之物，我是不会为争个名次把它追加回来的。”好让周围的人都知道他葛亮也是有能力拿高分的，只是老师笔误，把分数加错而已，而且他本人也不炫才自傲，简直是大智若愚的完美者。可是，葛亮反复核对了好几遍，发现自己和老师算的并无出入，顿时陷入了郁闷。

邓强见葛亮满脸都贴着失落，一时欣喜难耐，激动得几乎要发出狂笑以表祝贺。只不过迫于近来两人关系如同当前叙利亚的局势一般紧张，不好赤裸裸地开口挤兑，只好暗笑。

邓强终于也接到卷子了，他赶紧找分数，一看只有82分，瞬间便凉彻心肺。这分数要是被葛亮看去，还不把他开心死？邓强一想："我可不能害了同桌，虽说我和他有仇，但还不至要害其性命解恨，不能让他死在自己手里。"想到这，邓强忙用手去捂成绩，不料还是迟了，"82"早已失去了清白之身，从头到脚被葛亮尽收眼底。

邓强顿时像当众被人剥光了衣服一样，又羞又愤，不禁在心里咒骂葛亮无耻下流，偷窥别人的隐私。

此时，葛亮犹如被围的残军盼来了友邻部队的支援，士气暴涨，开始反击，只见他自鸣得意地举着卷子连连叹息，声声都剜着邓强的小心脏。

邓强大脑纷乱如麻，对着分数发呆。回过神后才想起核对分数，核了好几遍也没核出错误，失落之感更上一层楼。转而又去检查试题，试图从中找出老师的错误。前面选择题做得都出乎意料的好，命中率超过了往常，古诗词填空和古文阅读也都有所斩获，基本上大半的分数也已到手。看到作文时他立马呆住了：六十分自己仅得了二十分，不由得咒骂起批卷人没眼光不识货，草率地把自己的上乘佳作给判了死刑。再细看作文题目时，更是气上加气。作文题目是：

火花和浪花偶然会面了。火花对新朋友浪花说:“我们都能开出美丽的花,而且都叫花,因此我们是对亲密的姐妹。”浪花考虑了一会儿,不同意它的看法,否认说:“从表面上看,我们的确有些相像,但是我与波浪紧密相连,植根于波浪之中,所以我的花永远开不败;而你只突出自己,所以总是一闪即逝。”

请以火花和浪花的对话为话题,写一篇文章,文体不限,自拟题目,不少于800字。

初见此题,邓强也蒙掉了。想不到这类超越常人智慧的材料老师也能想得出来,估计下一次让刘玄德和歌德对上话都有可能。无奈之下,邓强抓住“一闪即逝”这四个字开始大放厥辞。题目更是截取帕斯捷尔纳克的诗歌“雷雨一瞬永恒”,定为“一瞬永恒”。通篇把流星的精神作为重点论述对象,内容不乏比喻、排比、对偶等句式增彩。风、花、雪、月更是信手拈来,随叫随到。他越写越有激情,虽说写到结尾时有点小迷茫,但再次点题也不算晚节失守。

邓强本想凭借这篇优美的散文杀入决赛,与高分同学一决雌雄,不料现在连加时赛都没拖到就被淘汰出局了。邓强怨完评卷人又怨出题人,最后只要和卷子有关的人员,除了自己之外无一幸免,全部被他骂死于嘴下。

葛亮写作文的功力就强悍得多,每次的内容差不多都是从一个模子里刻出来的,自打在初二时老师讲过几个万能开头的句子后,葛亮深受启发,于是征用了里面自我感觉最好的一句,当作每次写作文的必杀技来用。

“盈盈月光，我掬一杯最清的；落落余辉，我拥一缕最暖的；灼灼红叶，我拾一片最热的；萋萋芳草，我摘一束最灿的；漫漫人生，我要采撷世间最重的——。”

葛亮把这句话当成牛顿的万有引力定律一样，翻来覆去地蹂躏，而且乐此不疲。这也使得他的文章始终都保持在一个水平上，虽说缺乏突破，但作文分数也较稳定，一般不会有太大的波动，所以偏题的可能性也较小，不会像邓强那样时常会崩盘。

相比而言，李不理的试卷就繁荣昌盛得多了，丢了分的题少之又少，作文更是趋近于满分。光看他的题目就文采无极限，他这次移用了李氏先人李煜《渔父》里的句子“浪花有意千重雪”，题记又插入了冰心的三首诗：

故乡的海波呵！
你那飞溅的浪花，
从前怎样一滴一滴的敲我的盘石，
现在也怎样一滴一滴的敲我的心弦。

——《繁星·二八》

创造新陆地的，
不是那滚滚的波浪，
却是它底下细小的泥沙。

——《繁星·三四》

儿时的朋友：

海波呵，

山影呵，

灿烂的晚霞呵，

悲壮的喇叭呵；

我们如今是疏远了么？

——《繁星·四七》

李不理把冰心当成自己的亲人，用她的诗毫不含糊，而且不管和题目有没有关系，先写上再说，他觉得成文之后没关系也能发生关系。文章内容更是贯穿古今，古代的如苏轼的“大江东去，浪淘尽”“水光潋滟晴方好”，张若虚《春江花月夜》里的“滟滟随波千万里，何处春江无月明?”杜甫的“不尽长江滚滚来”；现代的则有毛泽东的“曾记否，到中流击水，浪遏飞舟”，只要是关于浪和水的句子统统启用。结尾更是登峰造极，套用了电视剧《三国演义》中的片头歌词“滚滚长江东逝水，浪花淘尽英雄”。

李不理写文章像是召集古今诗人开座谈会，基本上能请的都请到了，没请到的是因为他不认识。老师见自己手下弟子如此博学拔萃，文章写得出神入化，对古今诗词信手拈来，自然得给高分奖励。

李不理平日屈居葛、邓二人座位之后，倍觉耻辱，今日终于凭借实力打了一场漂亮的复仇战，一雪前耻，立即对前排讥讽道：“现在滥竽充数的人超多，以前齐宣王那会儿都是一个一个出现的，没想到如今也与时俱进了，都结伴搭伙地出现。”

葛、邓二人在前桌听得清楚，李不理的话含沙射影，分明在指桑骂槐，讽刺自己是废物，于是二人如同当年的国共两党结成了抗日统一战线，同时转头予以回击。葛亮率先回击：“就你考得好，你干脆贴个告示昭告天下得了！有什么好炫耀的？”

邓强也在一旁添油：“你考得好个鸟，得个鸟蛋分穷臭美个锤子，你满灌了嘛？切！”

李不理被“好”和“好个鸟”弄得云山雾罩，不知道自己到底是“好”还是“好个鸟”，一时词穷，只好认栽。

葛、邓二人见一致的敌人已投降，立即一如既往恢复冷战，谁也不搭理谁。

邓强此时体力和精力俱竭，精神上尤重一些，唯一的理想是回家去卖炸臭豆腐，他觉得面对城管也只是在身体方面承担点儿风险，而在学校则是身心俱疲。而葛亮就相对安心许多，至少身边还坐着个垫底的，能起到静气凝神的功用。

终于熬过了一节自习，邓强饿得不行，满眼睛里全是星斗。他预想一会儿的打击可能会更强烈，便打算搞点吃的保证体力。放眼瞭望全班，只见小 TWO 正坐在座位上吃零食。此时邓强的身体已不受自己调度，不由自主地朝零食走去，他问小 TWO：“考得咋样？”

小 TWO 放下手里的饼干袋，叹了口气说：“唉！都快跌出亚洲了，71 分。”

邓强不禁暗自佩服小 TWO：果然不愧是商人的儿子，出手就是大方，一开口就把五大洲给弄出去一个。小 TWO 又忙反问邓强："你呢?"

邓强正垂涎那袋饼干，信口胡诌道："我都跌出地球了，61分，唉！"小 TWO 霎时眼睛变得铨亮，犹如伪军见了土匪，将残比残，后者更残，一时难掩欣喜之色，兴奋地把饼干拆出一半给邓强。邓强惊喜交加，直后悔刚才没说成 51 分，否则那袋饼干就全到手了。

第二节自习出奇的平静，情况似乎没有想象中的那样严峻。前面的连教室门也不关了，主要是因为生活委员怕今天踢门的人太多，真把门给下废了，自己还得掏钱修，索性大开方便之门。

上了半节课，班长从外面大步而入，进门后就忙乎着把手上的表格往墙上粘。看来是成绩单出炉了，这下倒是省得一门门接受打击了，成绩表能一步到位解决痛苦，看完之后要么被别人打击死，要么把别人打击死。邓强估计自己这次还得被下到基层，属于被打击死的队伍，心里怏怏不乐，也不想去看分。但身体里好像又有那么一股劲儿推着自己，急于想知道究竟考得如何。

好容易熬到下课铃响了，邓强刚起身往前走了两步，后面的同学就呼啸着往前奔，硬是把邓强又给挤了回来。前面像是蚂蚁发现了糖，人越聚越多。邓强又沮丧又饿，如今仅靠那半袋饼干支撑，挤不过他们，无奈只得退到座位上等待。

过了一会儿，前面看成绩的人数头渐渐稀了，大部分都垂着头回去了，只剩几个考得比较拔尖的，看完也不舍得离去，瞅着自己的成绩自我陶醉，如痴如醉之后，恨不能把自己和名次钉在一起糊到墙上，以昭天下。

邓强挤进其中，见成绩单风格一如往常，分列于两张纸上。

一张记前八十名，另一张记后五十名。邓强心知自己不会有好名次，所以到了前面眼睛直奔后五十名而去，从倒数第一看起。找完这一张纸也没见自己，顿时心中大喜，谁料目光刚转到另一张纸上，自己的大名赫然跳入眼帘，正好第八十名，惨得被上面一串儿的人踩在脚底。

看完各科成绩后，邓强已经分不清喜和愁。喜的是结果没有预想中死得那么壮烈，后面到底还拖了五十个；愁的是前面毕竟还活着七十九个。

第三节自习颇不平静，依据惯例，成绩都下来之后，各科老师都要把自己的得意门生招去办公室，当面指导并鼓励。而像邓强这类人基本与任课老师办公室无缘，有缘的时候肯定不是去被指导鼓励，而是被教导，所以只能眼巴巴望着别人风光无限，自己却被排在战斗减员之列。

邓强每想及此处，都好似炸药轰顶。于是在心里默默鼓励自己道：“邓强你是 Number one 耶、耶——。”这话在心里才说两遍，自己听着也发虚：如果自己真是 Number one 的话，那成绩单肯定是贴反了。此念一过哀痛欲绝，激愤得邓强简直想在班里丢颗手榴弹，炸死前面七十九个同学，只留下后面五十名和自己。

前几排的同学几乎都去办公室风光了一圈，惹得葛、邓二人又妒又恨。邓强很快就变得如同行尸走肉一般，目光呆滞，好似一株植物戳在那儿。

葛亮在旁看邓强这副样子也不由心生同情，他这次考得也不佳，与邓强仅差了两个名次，此时与邓强难免惺惺相惜。

给林絮的情书

葛亮不记前仇地招呼邓强道："哎！考第几名？"邓强正沉浸在失败的痛苦当中不能自拔，听到葛亮的来话猛地一惊，比刚才见了那"82"还惊。

俗话说"吃人嘴短"，吃了人家"一惊"的邓强嘴也跟着犯笨，临时易帜叛变，抗议着不说话。不得已，只得长叹一声聊作应答，这一叹犹如赤壁之战时曹操的八十几万大军，信誓旦旦地来了，又土崩瓦解地没了，到最后就成了气若游丝。

葛亮以为邓强是考得比自己烂才羞于开口，于是忍痛自断一臂道："我考得更不好，眼下卧轨的心都有，唉！"为了烘托出更悲惨的效果，葛亮说完紧接着又长叹了一声。

邓强一听葛亮要为铁路事业献身，感动得想上去握住他的手，祝福他一路走好，可一想到自己的烂分数便又蔫了，他苦笑道："你要是去卧轨，我就得去卧机了。"

葛亮不明其意，问道："啥是卧机？"

邓强不知他是真糊涂还是假明白，解释道："就是卧飞机的跑道。"

葛亮像是机关枪里射出的子弹，一发连着一发，又紧接着问道：“为啥非要卧飞机的跑道？”

邓强在心里大骂葛亮讨厌，死都不让死个清闲，便随即胡诌道：“飞机的速度拉风，了结得快一点儿，少受点罪。”

葛亮在心里暗暗佩服邓强的造诣，连归西这么简单的事都能考虑得如此有境界。

二人凭借一列火车和一架飞机将以前的仇怨一笔勾销。看来和仇人尽释前嫌的最好办法就是跟对方比惨，只有满足了对方的虚荣心，才能被对方所接纳，就好像海能容纳百川一样，它也只是容纳了比自己小的河流而已。

邓强又说道：“嗳！我刚才看了一下，咱们班这次最高分580分哦！太动物凶猛了！”

葛亮在一旁把嘴撅得比二炮的嘴巴还超凡脱俗，鄙夷道：“切！还不是抄的。”

邓强假意表示吃惊道：“吓，你看到了？”

葛亮道：“我是根据推理推出来的，就是当年狄仁杰用的那个套路。你又不是不知道，咱们班的第一偏科都偏得火星去了，咋可能得那么高的分？你说是不？”葛亮说得言之凿凿，邓强边上听得忘乎所以，差点儿跪下来喊狄大人。

邓强又说道：“哎！胡贝贝这次考的分也相当高，她每科都旗鼓相当，还是她厉害。”邓强知道此时无论是谁被点评，都会立马成为众矢之的，索性把刚结下梁子的胡贝贝搬出来当箭靶子射一下，吐吐恶气。

葛亮不屑地说：“切！她是蒙的，考试那会儿我亲眼看到她在抓阄，而且用的是纸团，特没水平。”

邓强听了这话开心得不得了，立即附和道：“是啊！是啊！你看她那样子，脸都像是被蒙出来的，出生的时候也不打个草稿。人长得就不规则，做题肯定也不按正常套路。”

葛亮连声赞同。二人一唱一和，配合得无比默契，全班同学在他们嘴里非抄即蒙，无一幸免。

邓强指着卷子上做错的一处文言文词语解释问葛亮：“这个是什么意思？我不太懂嗳！给解释下。”

葛亮定睛一看，自己连这个字都不认识，还解释个屁。可再拿起自己的试卷一看竟然做对了，感觉心里有点乱。

邓强看出了葛亮的窘迫，立即追问道：“呀！你是抄的还是蒙的？”

葛亮脸上顿时升起了火烧云，他生气地说：“我编的，行了吧！”说完就扭过头去佯装看书。

邓强自知言语有失，赶忙闭口不语，他实在不想再和刚刚结成统一战线的葛亮闹翻。又过了一会儿，邓强饿得大脑里变幻莫测，眼睛不自主地在班里扫，希望能碰到个秀色可餐的人，填填肚子。不料这一眼便扫到了胡贝贝那儿，胡贝贝恰好也回头，两位仇人四目相对顿时瞪得分外圆。邓强绝望至极，脑袋做了个自由落体运动，从半空中直接砸到了桌上，这会儿的他求死的心都有了。

胡贝贝以为自己的容貌把邓强迷倒了，于是开心地回过头去照镜子，练习自我迷倒。

下了晚自习邓强直奔超市，买了个面包充饥。怎料如今的面包倒像是两军对垒时的百万雄师，其实撑死也就十来万，看着挺大，用力一团，还不如个鸡蛋大，根本不够充饥的。邓强无奈，只得又补了两个面包，在回宿舍的路上就消灭得干干净净。

回宿舍一看，床上空空如也，这才想起被子还在外面晾着，于是又折到晒衣区去取被子。晒衣区黑得吓人，伸手不见十指，那条看上去比天还更黑的被子，像个吊死鬼似的挂在那。从小就怕黑的邓强没敢久留，卷起被子就往宿舍奔。到了楼里借灯光一看，真够呛！这条被子彻底变了，本来只是霉出了斑斑点点，如今被冬夜的寒风一吹，好似从冰箱里取出的一般，落满了霜。邓强气得直跺脚，把被子直接甩给了垃圾桶，让它们相亲相爱。又不由得怨恨起老邓，从小没传授自己几招生活自理本领。幸亏白天和葛亮化了干戈为玉帛，从他那讨得一条小毯子盖，否则就只能"裸睡"。

由于是刚开学，大伙儿都极度困倦。回到宿舍后相互无话，倒头便睡。邓强夜里被冻醒了好几回，模糊中觉得自己好像被扔到了南极冰面上，逼得和企鹅依偎在一起相互取暖。

第二天早上，邓强猛地被早操铃惊醒，害得他都没来得及和企鹅兄话别。

铃声一催再催，众人都加紧速度。

邓强忙中出乱，紧张得把袜子也穿反了，穿上鞋子后，感觉脚尖位置硌得慌。他也顾不得许多了，赶紧冲出去上操。

绕操场跑了三圈之后，邓强开始气喘吁吁，体力也渐渐不支。贴身那层衣服几乎是被汗水给粘在了皮肤上，难受异常。

但这时掉队又太丢人，只得咬牙闭眼硬挺。

跑在邓强前面的女生苏晓亚，更是惨得绝伦，连把嘴闭上的能力都丧失了，此时嘴巴正帮着鼻子猛吸空气，脸涨得通红，像是要喷出岩浆来，步子也没了节奏，一个一、二、三、四的节拍下来，比别人多跑了四步。苏晓亚实在坚持不住了，她暗下决心："不能跑了，就算后面有狼狗追赶也不跑了，再跑我就得牺牲啦。"跑到操场有块土稍微松点儿的地方时，苏晓亚假装腿一软，摔倒。

苏晓亚还没完全着陆，毫无防备的邓强从后面又及时给她补了一脚，这一脚让苏晓亚又多飞了两步才达成目的，比预想的又多费了点儿力气。

邓强忍俊不禁，赶紧刹车。等他好容易把自己刹住，后面的人又跟上来推了邓强一把，邓强赶紧闪在一边，他在心里暗骂苏晓亚，要倒下也不事先跟自己商量一下。

就在这时大广播里传来了半死不活的声音，"停——"这个"停"犹如山谷里的回声，更像是天外飘来的福音，在操场上空余音不绝。

苏晓亚被旁边的女同学搀扶起来后，狠狠地盯着邓强，两只眼睛像是要喷出火来。

邓强不敢正视，诚惶诚恐地说完对不起后，乖乖立在原地装可怜，满脸写着"不关我的事"。

苏晓亚气得直跺脚，本想用哭来博取同学们的同情，无奈关键时刻眼泪不争气，就是挤不出来，用了好大力气，倒把汗逼出来流了满脸。

邓强实在忍不住了，“扑哧”一声笑了出来。

这下苏晓亚更气了，苦于一时想不出制敌良策，此时认输又太伤脸面，于是更换战术，改用表情攻击。她仰起脸甩给邓强一记白眼儿，然后转身就走。

邓强万幸没被这一眼击毙，定神之后默默地朝教室走去，一路上想起刚才苏晓亚的表情时还是乐不可支。

早自习的时候，各门功课的卷子都发了下来，由于分数昨日都已知晓，也就没了什么新鲜感。邓强把各科的分数加起来核总分，写一门成绩伤心一回，写完最后一门心都碎了，语、数、外、理科综合四门没有一门及格，全部在线下徘徊。邓强难受得想告别人间，但转念一想，临行也要拖上一个，于是别过脸对葛亮道：“这次考题怎么这么难！我从来没遇到过这么难的题。”邓强把分数考少的原因强赖给了考题，证明与自己的水平无关。

葛亮的分数也是少得可怜，立即附和邓强道：“鬼知道为啥那么难！比上次高考难好几倍！”这一倾诉，葛亮心里也畅快了不少。

邓强继续心理安慰道：“依我看如果把这次考题的难度转化成高考的难度，我们应该每人再加一百分呢。”

葛亮几乎要举双手赞成邓强的高见了。二人默默给自己加了一百分后，惊喜地发现自己和第一名也没差几分，顿时开心了不少。看来世间并无绝对的痛苦，关键是看心态，自欺也是能得到快乐的。

这一天的第一节课是数学，数学老师也是班主任，名叫钟山小，可能是其父受“一览众山小”这句诗的启发，才得此大名。

老钟大概四十岁上下，四方的小脸，鼻子不太突出。如果把脸放平，就像是赌博用具骰子的一个面。但老钟的五官放在这个平面上似乎不大匀称，倒像小孩子在玩橡皮泥时胡乱捏上去的。两只眼睛连成的直线好比一排斜着下去的麻将，任何一只拿另一只作水平参照物，自己都歪了。从侧面望过去，钟老师好像一张侧着的天九牌。有人曾预言老钟这辈子肯定能发大财，因为他浑身上下都像是赌具。

老钟从教已有十余年悠久历史，身上的头衔比古时的钦差大臣还多，像什么省级优秀教师兼市特级教师兼教研组专家兼数学组组长，弄了一身的兼。老钟还有个外号叫枪师，枪手的工作是负责帮人操刀炮制文章，枪师的任务则是抄完题目之后再让学生们抄。以前老钟的卷子都是涂得满满的，讲课时照着往黑板上搬，然后再让学生往试卷上搬，的确是位敬业的枪师。

今天的老钟身着黑色西装，领带的打结处像是得了感冒，患了炎症，比正常的肿了许多。上衣的扣子跳着系了两个，恰好把领带罩在里面。让人难以理解的是老钟脚上竟套着一双白色运动鞋，这身穿着前卫得让那些整天闹非主流的人看了都口水横流。透过两片云层是一双炯炯有神的小眼睛，可能是镜片度数过高的缘故，老钟的眼睛给最小化了。本来五官能齐聚在此处已是个奇迹，经过两片云层这么一雕琢，让人误以为是五岳都会师在一处了，一山叠着一山，直接验证了“一山还比一山高”的名言。

老钟踏入教室门时略有点紧张，但这紧张像是夏天的暴雨，来得快走得也快，没多久就消失了。凭借多年的教学经验，老钟早已练就了编废话的功夫，在他的课堂之上绝不会出现无话的尴尬场面。

老钟开口便如黄河泻洪，一发不可收拾，他滔滔不绝地说了十几句，归结起来好像又完全没有内容。而后更像是开火车一般，车头一过车厢尾随，从教室扯到宿舍，又从班级纪律拉回学习名次，一会儿又拐到了学生家长。

邓强听得犹如见到了大海，只是茫茫一片，绝望得几欲晕倒。

老钟在讲台上唱了十几分钟的独角戏，觉得自己也乱了章法，就在邓强们陷入不知所云的迷茫中时，老钟突然蹦出了一句：“下面讲期末考试卷子。”

这句前不挨村后不挨店的话一出口，顿时把一批人从虚迷幻境中惊醒。

老钟拿着卷子发问道：“第一题还用讲吗？”

下面顺着话茬齐声答：“不用。”

“第二题呢？”

“不用。”

“第三题呢？”

……

真正不用讲的就说不用，真正需要讲的大家也跟着起哄装不用。不装也没办法，因为老钟讲了也是白讲，何况大家还得动手往试卷上搬步骤，其实搬了也是白搬，不懂的还是不懂。

讲台下边的连说“不用”都嫌太费事，直接换成了一个字：

“过”。

“第六题?”

“过。”

“第七题?”

“过。”

邓强一瞅卷子,自己七道题做错了一排,眼下都过到第十题了,他还是不懂,脑袋急得直冒烟,可是边上葛亮喊“过”比赌徒喊“大、小”还兴奋。

葛亮越喊邓强越气,头上青筋抑制不住直往外蹦,满脸都是迷茫,不禁在心里大骂老钟和类似葛亮那样的人,真是坑人不浅。很快试卷已“过”了大半,邓强见大势已去,也不奢望能听讲了,索性自己研究起来。

这时的老钟也有点忙乱,他没料到这一脚油门直接开到了第十五题,要是再不刹车就到头了,他终于意识到必须得讲一道意思一下,便开口道:“来,大家一起看一下第十五题。”

下边继续喊:“过。”

老钟扔下卷子,严肃地说道:“学知识最忌华而不实,走马观花能学到什么真本事?一点都不知道踏实。”

众人见老钟板起脸,便都不语。

老钟见形势一片大好,转过身开始往黑板上搬题。

邓强看着黑板上的题目犹如进了诸葛亮的八卦阵,风雨雷电一齐招呼,不由得自言自语道:“都什么跟什么呀!”

上完第一节课,邓强已受伤不少。第二节课是语文,语文老师是个老头儿,名叫岳峥嵘。光看名字里的那三座山就极具压倒性气势，峥嵘身体略显微胖，从头到腰部以上像金字塔，腰部以下到脚又似漏斗，很有存在感。脸上的褶子像是打水泡时泛起的水波，一波连着一波，刻满了沧桑。

峥嵘不愧是语文老师，继承了古代文人骚客一个共同的癖好——嗜酒。他和李白一样特别钟爱诗词，酒后也能吟诗数篇，只不过都像是别人写过的。上课时身上散发着酒香，此时大家都不敢发问，唯恐峥嵘绣口一张把自己醉倒。他讲课时唾沫乱飞，前两排的花朵被浇灌得仿佛遭遇了洪涝灾害。

为了不让那些酒友们的诗客死异乡，峥嵘特意把诗复印后发给大家看，自己则支在讲桌上醒酒。估计这时的他也仿效了李白梦游天姥山的情节，游到精彩之处也免不了叫两声好，打两声呼噜权当是鼓掌喝彩了。

开学第一天，峥嵘未敢多饮，喝了个朦胧，脸上略带霞云。一进教室就开门见山直奔卷子，一连讲了五道题。难得他拖着风烛残年之身，还能喊出虎啸龙吟之声，好像枯木逢了春。

众生无不被这声音所震撼，堂下鸦雀无声。峥嵘见自己在台上拼了老命地讲，下面竟一点反应都没有，不免有点沮丧。正好下一题是关于“老”字谦称和敬称的区别，峥嵘摆脱以往死模式的讲法，别开生面道：“这个‘老’啊！有时能做谦词，有时也能当敬词。就拿你们班主任钟山小来说吧！我称呼他时可以叫他老钟，这就是谦称。而你们称呼他就不能称他老钟了，应该叫钟老，表示对他的尊敬，这就是敬称。”说完他就为自己这个得意的例句向学生们露出了慈祥的微笑。

堂下的学生早已麻木非常，见仍然没有反应，岳峥嵘不免黯然。忽然堂下有同学郑重地举手发问："老师，那为了表示对您的尊敬，我们要称呼您'月（岳）老'咯？"下面开始哄然大笑。

峥嵘万没料到，这个比喻用在自己身上能有如此惊涛拍岸的效果，不禁暗自后悔当初把这个例子的第一次给了老钟，自己只轮了个二手。

为了活跃课堂气氛，峥嵘也跟着干笑了两声。笑过之后继续高歌猛进，大题小题都如开过山车，畅通无阻。讲到作文时，峥嵘还特意让李不理到讲台上宣读佳作。

两个诗篓子撞到一起，互相捧场，把邓强听得心里直泛酸。

他开始偷偷幻想着自己在讲台上宣读佳作的情景，沉浸在了风光无极限中。自我欺骗一番后，倒也开心。

葛亮却在心里为那些诗人叫苦：我国古今几千年的灿烂诗词，到了李不理的卷子上竟一下演变成了泛滥，不禁为那些诗词叫屈。

初春的阳光总是令人心醉，它不像夏天的那么热烈，又不像冬日里的那么含蓄，它像初恋时少女懵懂的心，略带娇羞，惹人怜爱。邓强被这阳光给迷住了。他透过窗，想伸手把太阳一下子揽在怀里，自己好独拥这绚丽的线条。走出教学楼，这金缕像是生了两只脚，跑到肩上，停在发梢，飞到一切它想去的地方。

邓强狠吸了几口空气，以为能把这阳光一起吸进去，顺便把肠胃给暖暖。正当猛吸空气之时，他又看见了那张久违而又熟悉的脸，双瞳似两弯清澈流动的小溪，一件淡蓝色的外衣，搭配了一条红黑格子的围巾，在阳光的照耀下，似阳春白雪般妩媚动人,刚过耳的短发又使脸上平添了几分倔强。女孩儿嫣然一笑,在邓强心里,这笑容胜过了满天的阳光。

邓强的心跳早已乱了节奏,让他飘飘然不知所以,似乎把所有的不快都挣脱了。脸也不自觉地变红,不知是这阳光温暖了自己,还是这笑容温暖了阳光。

女孩儿朝这边走来,邓强急得手没处放,只恨自己为什么生了两条胳膊,如果和维纳斯雕像一样就好了,至少绝不会如此窘迫。女孩儿走了过去,自始至终都没瞧邓强一眼。邓强只是像个温度计一样,自己在那儿升温降温,不由一阵怅然,他觉得阳光随着女孩儿的离开一下子全都隐没了。

课间操也上得好像丢了魂,只是随便跟着踢腾了几下,脑海中全是女孩子那天真烂漫的笑容。

女孩儿叫林絮,也在读补习班,曾经和邓强在同一所高中,但两人从来没有说过话。林絮学的是文科,读高二时,有 回邓强被逼得早起在操场上背英语,困得差点儿就地睡下,忽然被旁边一阵清脆的声音惊醒。邓强扭头,见离自己五六米远的地方坐着一个女孩儿,正在低头背政治,浅蓝色的外衣配合了草的碧绿,似一株盛开着的风信子花,看着心里很舒服。空旷的四周又浮着淡淡的雾,让女孩如梦幻般神秘。

女孩儿念着:“马克思主义中国化,就是将马克思主义基本原理同中国具体实际相结合。”

邓强从来没想到原来马克思主义也可以这么动听,从此便对马克思也有了极大的好感。此后邓强每日都早起去操场,一边看女孩儿一边背英语。效果果然立竿见影,邓强的英语成绩突飞猛进，当月的月考英语就由当初的 65 分飙升到 70 分。邓强开心地把功劳全归给了“马克思女孩儿”，然后又预算了一下，如果分数照这种势头往上涨，不出两个月英语成绩定能过百，他兴奋得连英语书都想扔了，觉得光看女孩儿就够了。谁料此后“马克思女孩儿”再也没去操场，邓强傻等了三天，女孩儿都不见踪影。正当垂着头往回走时，却惊见女孩儿正在篮球场背书。邓强真恨自己笨，暗自佩服学政史的都胸怀大略，懂得要发展就要随时挪窝的道理，于是他又跟着转移到了篮球场。可好景不长，没过两天女孩儿又转移了阵地。邓强急得又开始四处侦查，可他在屁大点儿的学校转了好几个圈都没找到。后来才知道女孩儿又回归班级早读了，邓强恨自己不能跟着转移进去，无奈只能隔壁观望。此后早起背书的劲头日渐衰退，英语又重新回落到了 65 分。

经多方打听邓强才得知女孩儿名叫林絮，学习成绩优异。他本想给女孩儿一纸情书，表达爱慕之情，考虑到高考在即，不能把革命同志拉下水，只得作罢。每次只是远远地望着她，或者在本子上写下“林絮”这个名字，以此来寄托单思之情。

邓强万没料到自己和林絮又能在补习时重逢，他相信是天意让俩人邂逅，于是爱慕之情就像是被投了一颗燃烧弹，霎时火焰四射。

邓强也深知，自己的这种单方面的喜欢好比镜花水月，一触即散。他决定让自己从林絮的生活中消失，而选择默默地关注她。

你是我十九岁时梦中那个骑单车的女孩儿，
如果有从前，
我愿每天驶在你的左边，
侧过脸，把你永远定格在我的视线。
如果只有永远，
愿永远都是今天，
把沉沉的思恋葬在心间，
你转弯，我仰起脸，
期待下一个明天，
永不说再见。

这是以前班里的泡妞大王惯用的一首诗，他曾凭此诗折花无数。现在的邓强倒觉得这首诗的意境非常符合自己，所以经常借来供自己吊唁这段可悲的情怀。

下了课间操，邓强回到班级，抚今追昔，充满了伤感。他从笔盒的最底层翻出一首去年高考后写的旧诗。那时邓强以为从此再不会见到林絮，便借诗抒情，来怀念那场不是爱情的爱情。

初 相 遇

晨雾渐渐地淡了，退了
明天还会再重新织出来
天上的云慢慢地散了，消逝了
一会儿还会再幻化出来
可是，亲亲的女孩儿
你的影子一步一步地远了，远了

我不止一次地追问自己
她是有了归宿吗?

再回眸
已如沉睡的落叶伴着秋风
夹杂着黄昏的轻描
挽着一抹夕阳
一切,如此匆匆

放飞思绪在云间
轻轻地、眨一眨眼
细数曾经的光影
原来是初相遇时的那抹青涩最难以割舍
宛若浩瀚天空里的星光点点
多少个相似的雾霭下
也始终无法演绎它最初的色彩
原来,那些我以为被时光埋葬了的
还始终藏在心底
那么的、那么的鲜活

可是,我梦里的女孩儿
我不止一次地问自己
纵然我如此这般
你摇曳的身影又选择了何处去依偎

读完诗，邓强心伤复发，久久不能平复。

第三节课是英语，英语是最朦胧的一门学问了，邓强显然在这朦胧中迷失了自我，英语是烂得出神入化，探索不出新路只好去蒙，好在蒙也能占住半壁江山，六七十分倒是常有。邓强认为把温故而知新这句话用在英语中最不合适了，他根据自己多年来对英语的研究发现，其实英语知识根本无新旧之别，每一天接触的都是新知识。邓强把这一发现极力推广，居然得到了不少同窗的拥护。

英语作为每个学生学业生涯里的一大硬伤，其杀伤力显然是不可估量的，邓强也屡遭重创。葛亮的英语成绩更是烂成了千古绝唱，如果他哪次考试能把所有的题蒙对一半，他会对老天感激涕零。

总之，这俩人的英语不是大残就是小残，但他们却想在这残中分出谁残得轻一点。葛亮精神可嘉，虽然成绩都破到了这种地步，但他还是厚着脸皮，满腔热忱地回答老师提出的问题，这给邓强造成了不小的心理压迫。

对于葛亮的步步紧逼，邓强都不知退到了几舍，最终邓强被压迫得精神饱满得要溢出来了，当老师在讲台讲到第八十题时，他终于先发制人，没给葛亮出口的机会，迅速大声道：“A。”

顿时全班一片寂静，紧接着便是哄然大笑。葛亮更是欣喜若狂，乐得差点儿从椅子上翻下去。

邓强大为疑惑，呆坐良久，不知所以然。

老师叫道：“邓强同学，你站起来解释一下第八十题。”

邓强又担心又疑惑地起身，提起卷子一看，不禁臊得满脸发烫。那第八十题是短文改错，偏偏自己当成了选择题。他只好把责任推给上一题，说自己是一时走神，以为还在讲选择题。在他看来，起码无心总比无知好。

坐下之后邓强紧张不减，再不敢乱开口。葛亮依旧踊跃地胡说八道，还用些专业术语打击邓强，说什么 though 引导的是让步状语从句，在英语单词里是最为谦让的一个，堪比中国的孔融。whether 就是 if 的父亲，作用远比 if 大，能领导句型若干。这些附加的人物和亲属关系听得邓强真假难分，他唯一能做的只有嫉妒了。

不管该不该说，葛亮都不少说，虽然多半都是在胡言乱语，但依旧对邓强刺激不小，让他难受得无法描述。

英语老师开始分析作文分数偏低的原因。葛亮的作文被编进了尖刀排，因为他得了1分，英语老师把这个“1”写得特别大，形如尖刀，“尖刀排”因此而得名。邓强更笨，被编进了排雷组，“雷”就是指零蛋。

老师语重心长地点评道：“咱们班有的同学，作文不会写就抄阅读理解，我能一眼看出来的，就给1分辛苦分。但是有的同学每个阅读材料都抄点儿，读起来完全是驴唇不对马嘴。对于这类动机不纯、心存报复思想、浪费老师精力的人，绝不姑息，一律判零分。

此时的邓强可以说是旧伤复发新伤又袭，痛苦得不能自已。他这才知道了自己连个辛苦分都没挣到的原因，开始后悔当时没有整段复制阅读理解。

第四节是化学课，老师没来，通知说自习，班里的同学都默默做题。邓强为了和葛亮巩固一下友好关系，好让小毯子能多留两天，故作谦虚地请教葛亮化学题。其实他俩的化学成绩是旗鼓相当，辨不出谁更烂。

葛亮见有人求教，心花怒放，接过题认真读了好几遍也没读懂，但又不好意思坦白说自己不会，只得在那假装研究。

见过了好半天也没反应，邓强在边上等得心急，直后悔问得太难。而葛亮依然在发扬“锲而不舍，金石可镂”的精神，“钻研”得忘乎所以。

邓强绝望地觉得自己这节课算是废了。

眼瞅着下课在即，邓强怕误了饭点，刚要假装惊喜地说自己会了，不料葛亮先开口道：“这道题错了。”

邓强情不自禁地张嘴“啊”了一声。

葛亮又强调道：“这是个错题吓！”

邓强望着那道题半天都无语，他暗自佩服葛亮强大的心理素质：这道题明明是去年高考的考题，难道说几十万考生都做了错题？他葛亮也考了，当时怎么就没发现？他想揭穿，可转念想到夜间的寒冷，便放弃了：“虽说我爱真理，但我更爱小毯子。”

邓强闭拢嘴巴，连连朝葛亮点头表示佩服。葛亮也谦虚地笑了两声，右手大拇指吻上食指朝邓强组成个圆状，意思是说：“小 case。”

下课铃一响，两人拿起饭盒就往食堂冲。在门口邓强还差点儿和苏晓亚撞上，幸亏躲得及时，如果真撞上了，根据早上苏晓亚的火气来看，自己不被撞到外太空才怪。

学校的伙食空前绝后的难吃，食堂的师傅更是一向都以把饭菜做得难吃为荣，为此不遗余力，力求难吃到底永不翻身。学生中都流传着“花着人民币一样的钱，吃着猪一样的食”这样的话。后来学校又开了第二食堂，本以为两个食堂有了竞争，饭菜的质量会有所好转，不料第二食堂后来居上，做得更难吃，基本上用肉眼已很难看出原材料。

邓强胡乱要了一份菜，打了半盒米饭。那米饭色泽灰暗，好像是受过黑暗势力的熏陶，吃上一口，几乎能磕下一颗牙来。邓强不禁感叹学校真乃是育人之地，在食堂都不忘记教育学生不吃软饭。菜做得更是咸味无穷，回到宿舍邓强开始化身为海绵，饮水不止。

下午第一节课是生物课，生物老师是众男老师中唯一一个没带眼镜的。他身体矮胖，脸上像是还没解放，略带几分稚气。齐高的短发和头整齐划一，恰好凑成一个规则的圆。唯一不完美的是下巴多了一颗痣，但却与头完美呼应，活似两颗连体炸弹，因此生物老师被同学们贴切地称为子母雷。

子母雷大学毕业刚两年，教学经验尚浅，远不及钟山小。讲课时经常因为忘了下文就把自己挂在黑板上，要是一个彷徨的眼神撞上了台下一百三十个更加彷徨的眼神，更是尴尬。经过两年的摸索，子母雷制定了一套全新的策略：每到无话之时便照书开火车，遇到不容易理解的就让学生画上，当重点去背。都说生物是理科中的文科，这话一点儿不假。

子母雷的课极具催眠效果。邓强离讲台较近，被老师盯着，不敢小睡解乏，怎奈头总是克制不住，上去下来尽情摇摆，最后只好放低要求，努力让脸不沾到桌子。

同桌葛亮则是百无禁忌，贴在桌上雷打不动地酣眠。

子母雷看一眼堂下就心伤得不想再看第二眼，见大声提醒后无效，顿时血压飙升，恨不得也与学生共眠。

第二节课是物理，物理老师姓于，是个出色的愤青，五十岁的人像是配了一颗二十岁的心脏，所以同学们很愿意称他小于。

经过第一节课的休养生息，第二节课上同学们个个精力充沛。也有个别烽火连天的，估计下午的四节都得连着睡过去。小于的讲课速度适中，能照顾到大多数同学，因此听课率较好。邓强认为小于的课是最能引导自己进入思考状态的，所以听得格外认真。

讲到第十题时，小于问道："第十题都有谁做对了？来，举一下手我看看。"邓强抬头环顾，见堂下举手者寥寥无几，好像举手比让举炸药包还有难度。估计如果再让做错的同学举手，也不会超过十人，同学们已经懒到了极限。

小于见做对者如此贫乏，而题又如此简单，不由对自己的教学能力产生了怀疑，这当然更让他生气："这题有那么难吗？你们思考不上去呀！你们是思考不上去吗？"见台下学生都没反应，连一个支持自己的都没有，小于更气，挥起粉笔在黑板上列出一个力和一个时间，大声道："题目中只给出一个力和一个时间，说明了什么？啊？说明了什么？"可是他等到了绝望，也不见有人回答，只得自己继续讲解，努力把独角戏唱完。

小于唱得认真，同学们也听得投入，都忘了看下课时间。

葛亮的春天

才上了一天课，邓强心情就大起大落，怎一个迷茫了得。最后一节课老钟又来开班会，和新闻联播一样坚挺地走着老套路，把中学生守则略加拓展给读了两遍，他一个人说完后便走了。

邓强侧过脸问葛亮："嗳！你说老钟上辈子是不是个哑巴，这辈子逮到机会就狂说？怎么他总有说不完的话吓！"

葛亮接过话茬道："我估计他是怕下辈子变成哑巴，所以才抓紧说。"邓强附和道："高见，高见！"

葛亮双手抱拳坏笑着说道："承让！承让！"

晚饭邓强照例只吃半饱，主要是因为食堂这饭太极端，吃少了饿肚子，吃多了又拉肚子，只能折中。

饭后邓强站在食堂门口，假意看贴在墙上花花绿绿的菜谱广告。其实他根本无心看这些根本没人愿意看的菜谱，在这等着只希望能看到林絮，哪怕看一眼也满足了。可是他从人来人往中寻觅良久也没看到那熟悉的身影。"夕阳西下，不带一丝留恋，空余了一抹晚霞独自怜，此时多想牵她的手，哪怕只牵一下不走，我的心也能到世界的尽头。"邓强想着这些句子不由伤感起来，他估计自己要是谈一场恋爱，都能成诗人了。

要上晚自习了，邓强眼看无望见佳人，抬头望了望夕阳消失的地方，左手牵起自己的右手回了班级。

晚自习上得纠结难耐，只做了两道题，还都没做出结果，为了安慰自己，邓强全当错题处理。

一回到寝室，邓强就趴到床上暗自伤心。他抱怨上天真是不公平，让自己在学业上屡屡受挫不说，连爱情都是出自导自演的哑剧，真想睡在床上一觉不醒，那就什么烦恼都没了。

小TWO近期正在攻读《三国演义》，一回宿舍就开始炫耀道：“吕布这家伙真色，简直是超色。为了一个女人手刃了一爹，真是——色贯满盈。”

葛亮不满其臭美的样子，接过话道：“那算啥！周幽王那才叫真色呀，为了美色把国家都玩出去了，真是色到了国际化水平呦！”

孙芊一见满屋春色关不住，便也想争得一色之地，想了半天终于憋出了一句：“我认为商纣王最色，他就是——”他一时没找到色的形容词，只好总结说：“总之是——最色啦！”

邓强在床上干着急，几个大色鬼都已名花有主，他一下子也想不出更色的。众室友对他也颇有些失望，刚要转换话题，忽然邓强道：“朱自清最色了。”

众人立刻为之惊艳，听到文学界的泰山北斗和色团结到了一起，就好比听说孔子不当思想家了，而是去工地搬砖了一样，不由绝倒。

孙芊一不满道：“朱自清怎么色啦？别瞎编吓！”

邓强手在空中比划道："有字为证呀！你们还记得他写的那篇《荷塘月色》不？"

葛亮不屑地反驳道："写过《荷塘月色》就色啦？那屈原还写过《离骚》呢？你就说人家那什么啦？切！"

邓强忙道："不是啦！你们记得《荷塘月色》里有一句是'层层的叶子中间，零星地点缀着些白花，有袅娜地开着的，有羞涩地打着朵儿的；正如一粒粒的明珠，又如碧天里的繁星，又如刚出浴的美人。'你们说如果他没见过刚出浴的美人，怎么会知道那美人什么样啊？如果他见过就说明他偷看美人洗澡，对不对吓？"众人先是为之一震，继而又不由地点头。

小 TWO 提前醒悟，辩驳说："那可能是他妻子呀！那算什么色。"

众人立即附和说："对呀！"

邓强深思熟虑似地分析说："这——不可能，如果是他妻子，那文章为什么不直接说成刚出浴的妻子呢？"众人也糊涂了，竟一致觉得邓强说得有道理。

这时葛亮又提出了论据，道："那个刚出浴的美人有可能已经穿上衣服了。"

邓强长叹一声，赠了葛亮一个鄙夷的眼神道："一看你的语文就不怎么样，你看看这个比喻的本体是什么。白花吓！就突出个'白'字，穿上衣服还白嘛？"

众人无不被邓强骨灰级的才学所折服，佩服不已。邓强凭借曲解朱自清先生的文章，荣登色之榜首，高兴得差点儿忘了睡觉。

满屋争“色”，唯独李不理插不进话，无奈只好躺在床上自命清高蔑视众人道：“你们真无聊。”

和室友关系的好转，让邓强心情也好了许多，他这夜睡得尤为踏实，还做了个梦，梦见自己骑着单车载着林絮在幽静的路上缓行，满地铺着金黄的落叶，像是金色的地毯。不安分的风撩起她的发梢，多情的叶子静静地躺在她的肩上，一切的一切都是那么的安静。谁料半路上车坏了，好不郁闷，那时邓强真想把那糟心的破车给踢烂。梦到这里就醒了，醒了后邓强就再也没睡着，陷入了无尽的惆怅。

邓强本想买条被子，考虑到经济状况又立马打消了这个念头，他打电话向老爹求援。老邓一听说儿子正在外面受冻，急得想当夜就去送暖，又怕黑天迷路，只得苦等天亮。

第二天，老邓就抱着一条花被子来到学校，邓强见了被子比见了爹还高兴，抱着被子就不撒手。老邓看着心里酸溜溜地，暗暗责骂这小子真没良心，有条被子就是爹。邓强忽然想到老爹在旁被冷落，赶紧献孝心，抱着老邓比刚才抱被子还亲热。老邓感动不已，特意掏出十块钱给邓强买零食。邓强开心得又抱了他两次，遗憾的是老邓再也没往外掏钱。

回家时老邓迷了路，在路上折腾了半天才到家，累得无语。

日子从旧，现实中的矛盾和学习上的压力一样不可避免，就这么延续着。

而葛亮似乎要好些，他真正感受到了春天的来临。当苏晓亚听说葛父是孔门弟子的后人又兼城管执法人员之职时，直接拜倒在了葛父门下。葛亮沾了老爹的光，深刻地讲是沾了孔子和政府的光，与苏晓亚迸发出了爱的火花，两人用火辣辣的爱情直接打破了几千年来“兔子不吃窝边草”的古训，这草不光要吃，而且还要吃饱。

葛亮对苏晓亚的表白将代数知识发挥得淋漓尽致。他把苏晓亚骗到校园路散心，期间假装不经意地说道：“我特喜欢《奋斗》里的米莱，而且我发现你特像她。”葛亮就差直接说出“我喜欢你”了。只要不是笨到了极点，一般都能听出这话的玄机。其实这话也为葛亮预留了面子，要是他追不到苏晓亚，或者想和苏晓亚分手，就可以改口说成：“到现在我才发现，我喜欢的根本不是米莱，而是夏琳。”

谁料苏晓亚来了句：“米莱是谁？”

葛亮的肺差点儿被气炸，他本想脱口而出说“你特像《西游记》里的白骨精”，但一想这话若说出去，事情肯定吹了，于是临时急中生智把白骨精换成了女儿国国王。葛亮想：如果她还说不知道，就换成《水浒传》里的孙二娘。

最后苏晓亚红着脸说：“那你就当我是那国王吧！”葛亮开心得不得了，当即喊了一声“陛下”。

班上有同学管苏晓亚叫“小染缸”，因为每当她知道有男同学看她时，脸都会不自觉地变红，也有人称她是“电炉子”。

葛亮就喜欢苏晓亚这股子害羞劲儿，他觉得这是单纯的表现。不过，苏晓亚的情绪确实多变，变色龙似的，害得葛亮天天看她脸色行事。

邓强这两天被葛亮的爱情光芒照得浑身发凉，只有遇到林絮时才会血液沸腾、血压骤升，每次他都佯装对林絮满不在意，可一旦擦肩而过，又开始四处寻觅其踪影，当然得到的总是无比的失落。上帝真是少不更事，像个小孩子一样把爱情当成了悠悠球，拉上去又抛下来，折磨得邓强死去活来。

葛亮被爱情滋润得天天向上，连去厕所脸上都透着快乐。这让邓强心里充满了嫉妒，很快又转化成了恨，他恨那天早操时自己没下脚狠一些把苏晓亚踢得个半身不遂，省得他们在自己面前秀恩爱。

课下葛、苏二人形影不离，如同是被涂了 502 胶水；课上就用纸条传情，那纸条犹如地下党的机密情报，辗转多人之手，走遍了前后左右才到达目的地。仅仅过了一天，两位地下党员就成了班里的地上党员，他们高呼着“谈自己的恋爱，让别人瞅去吧”的口号，继续抒写甜蜜。

邓强是满心艳羡葛亮的，虽说苏晓亚是个“热得快”，在品位上稍差一些，可葛亮好歹也算有一个女友，而自己只有眼热的份儿。邓强愈发觉得自己惨不忍睹，于是在心里默默祈祷：“愿天下有情人都分道扬镳，能分多远就分多远。”邓强幻想着情侣们分手的凄惨场景，乐得开怀大笑。

葛亮见邓强笑得那么阳光普照，伸手拍着邓强的肩膀道：“想什么呢？那么好笑，抗战胜利了呀？”

邓强的快乐被葛亮这一巴掌拍得灰飞烟灭，又不能泄露自己的阴暗心理，只好应付说：“没什么，想到一个笑话而已。”

葛亮又道：“什么笑话？说出来听听吓！”

邓强无奈，只得搜肠刮肚，好容易想到以前听的一个名人笑话，于是开口道：“据说富尔顿第一次公开展示他发明的蒸汽船时，没有人相信它能动得起来。两岸群众不断起哄说：‘动不了，动不了，绝对动不了！’没想到船一下子动了，挟着蒸汽和笛声向前开着。群众看了好一会儿后，又改口说：‘停不了，停不了，绝对停不了！’”

葛亮听得“哈哈”大笑，邓强被吓了一跳，以为是把他给刺激抽了。

葛亮笑了一会儿低声说：“嗳！你看李不理像那些群众不?”二人瞅了瞅李不理后，笑得嘴都要歪了。

李不理瞥了俩人一眼，鄙视地说：“有病。”

俩人笑得更欢了。

这几日生活开始步入循环状态，像是驴拉磨一样老是走着重复路线。早上天不亮宿舍的人就起床去教室自习，太阳都自恨不如这帮学子起得早。以前葛亮和邓强都不早起，二人同气连枝坚守宿舍，想想还有个陪睡的，自己睡得也心安理得。可葛亮自打恋爱后好像被爱情冲昏了头，早上起得比那三位还超前，可见爱情这东西真是魔力无边，足以让一头猪放弃睡眠。

其余三人开始与葛亮暗中较劲，比赛谁起得更早，于是半夜各自闹铃声大作，仿佛是物理学中声波的正弦曲线图，刚跨过一个波峰就立即跌入波谷，如此高低往复，邓强在梦里一直被这声音拖住，无奈地沿着这条波浪线上天下地，满身都是至死不渝的疲惫，恨不能先死之而后快。美梦几次三番被吵醒，邓强朦胧地感觉在梦里好像把他们的闹钟都给摔了，直呼痛快。第二天早上发现确实有闹钟被摔，但被摔的正是他自己的闹钟。

邓强误杀了自己人，后悔万分。想这闹钟真是命苦，自打跟了他，除了第一天买的时候叫过外，其余尽当摆设装哑巴了，是名副其实的——哑钟。现在这只闹钟永远也说不出话了，邓强觉得有愧于它，决定永久保存其遗体，以作纪念。

这几天邓强都一觉睡到天亮，醒了一看，除了自己就只剩李不理的兄弟了。心里总觉得又落后了他们一大截，非常焦虑。他决定要早起学习。可是早上在被窝做思想斗争，好容易起了两回，进了教室一坐下就瞌睡连连，课上睡得不分白昼，似乎世界又开始变得混沌了。之后，邓强只早起挣扎了两回，两条胳膊刚撑起半个身子，头一沉又把身子放倒，一睡到天明。

老钟近日形象有所改善，但教学模式依旧不变，课上睡觉的同学每况愈增。老钟为了听课率决定杀鸡儆猴，第一次便逮到邓强这只冤鸡。

老钟下了讲台朝邓强走来，葛亮本想唤醒同桌，可是转念一想，这第一步迟早是要有人走的，如果这次被邓强躲过，下次被杀的就有可能是自己。于是葛亮忍痛割同桌，决定把“烈士”这个称号给邓强。

老钟走过来拍了拍邓强肩膀。邓强以为是葛亮，就用力抖了两下，抖完之后觉得这动作与同桌的风格不符，同桌以前都是用力摇的。他半醒地抬起头，见老钟正立在边上凝视自己，骇得赶忙站起来立正。这时的邓强开始暗自庆幸刚才没用什么过激的招数，只是抖了两下，若是失手把老钟手上抓出两条血痕，恐怕只能自杀谢罪了。他心里又愤愤地责骂葛亮，本来二人已制定好盟约，一个把风，另一个睡觉，哪料葛亮会像索马里海盗似的，说撕票就撕票。

其实邓强心里原本也打算在轮到自己把风时就把葛亮给卖了，要是被追究责任，只说是当时听课太投入了，没察觉到老师下来，谁想竟会被他抢先了一步，禁不住后悔当初让葛亮后睡。

老钟望着邓强难掩失望，痛心地说：“唉！你啊！就你啊！就给你个原子弹你都找不着捻儿。”

邓强想跟老钟说自己暂时还没有献身于科学的打算，可还是把话咽了下去。

老钟走后，邓强逼问葛亮：“为啥当时不推醒我？”

葛亮一脸无辜道：“我当时学得太投入了，没察觉——”

邓强刚听完前半句就几乎要昏厥过去，他想这也太神奇了，连理由都一模一样。

其他老师的课照旧。峥嵘的课越讲越不着边际，像是在搞挖地雷游戏，见地挖坑。峥嵘挖了两天现代文，觉得现代人分析现代文易如反掌，所以没什么好讲。又挖了两天古文，学生们分析得花样百出，最后局势太残，难以收拾。无奈峥嵘只得在自以为最为擅长的古诗词这块地上停下脚步，作为长远发展的根据地。

英语老师的全英语授课模式，授得邓强感觉自己好像身处异国，偶尔从老师嘴里蹦出句汉语，能亲切得让人流泪，连葛亮都直发感慨：“终于说句人话了。”

英语卷子是最为泛滥的物件了，老师在网上搜题比贪官搜刮民脂民膏还狠，见题就收，只要搜到的题有答案就符合条件。

每次英语试卷都成群结队地接踵而来，邓强六门功课的卷子在桌洞里彻底乱作一团。每次老师说要讲题，邓强都得把大部队拉出来逐一排查，等他查到目标时基本上课也快讲完了。

子母雷的课无趣至极，成了公开的睡觉课。有一次上生物自习，老师为了能把温暖送到每一处，整节课都不停地在教室里游走，只待谁有问题好及时出手相助，不料快要下课也不见有人请教，老师急得越是加大步子和速度，学生们越觉得悠闲，都埋着头刻苦地磨时间。邓强担心老师会急得中风瘫掉，一时脑热站起来问了个问题，张口时差点儿把“子老师”这个称呼喊出来，惊了一身冷汗。他努力在记忆里搜寻了半天，还是回忆不出子母雷的真实姓名，只好放弃姓，直奔老师。子母雷见皇天不负苦心人，终于有了传道授业的机会，立刻殷勤解答起来，最后还故意拖堂十分钟，以此来证明自己的课很受学生们欢迎。

下了课邓强赶紧问葛亮生物老师姓什么，葛亮回忆说貌似姓驴，邓强惊得恨不能跟子母雷要身份证去核对真假。

后来邓强大悟，回忆起原来生物老师是姓马。因为“驴”字由一个马和一个户组成，证明驴具有马的户口，所以同学们便又给子母雷起了个绰号，由此，生物老师得以豪华地坐拥两个外号。

小于的课倒是比较稳定，听的人也较多。化学课上得更是离谱，与听天书无异。

邓强心里有些怕，觉得这样下去会重蹈去年高考的覆辙，但一想到老师已成定局，自己也无奈，便陷入了郁闷。

吃食堂的饭要有足够的勇气，邓强和葛亮勇气欠佳，周末只得转移到校外去吃。二人来到一家新开的小餐馆落座,餐馆的名字足够响亮,叫鹤顶红,虽是毒药名,生意却好得很。大概是由于学校附近的小饭店过于泛滥,卖饭的都快赶上吃饭的多了,店主为了吸引食客,才起了"鹤顶红"这个有点惊悚的名字。

二人坐下之后表面上风平浪静,心里却各怀鬼胎。为预防一会儿结账时一个人独揽的情况发生,二人都没敢叫菜,只每人要了份面条,这样即便一个人付全额也就多掏两块五毛钱。

要了面后,二人开始在女生这个话题上展开了讨论。葛亮先道:"嗳!你说咱班的王雅怎么样?"

邓强奸笑着说:"怎么?这么快就要跳槽?才和苏晓亚在一起几天就崩了?也太闪电了吧!"

葛亮忙说:"什么呀!别乱讲,我就是随便这么问一下。说不说?不说拉倒。"

邓强故作深沉道:"她呀!不咋地,人跟患了二十一三体综合征似的,说话都说不利索。"

葛亮又道:"那冉小小呢?你觉得她怎么样?"

邓强不假思索道:"她就是一游戏机。"

葛亮不解地问:"这话怎么讲?"

邓强不屑道:"嗨!谁投币谁就能玩儿呗!"

经这么一点拨,葛亮深深地被邓强的情商所折服。一会儿的工夫,全班女生在俩人口中英勇地倒下了一片又一片。最后实在找不到打击对象了,邓强便来了个总结道:"咱班女生没一个好的,都是笨蛋。"这话刚说出口邓强就后悔了,因为苏晓亚也在本班,自己一不小心当着葛亮的面把她给废了,罪过实在不小。于是邓强又赶忙补上一句："除了苏晓亚以外。"

葛亮把脸绷得跟小金刚似的，不说话也不表态，场面顿时陷入了尴尬。为了解除尴尬，邓强又将目标转移到老钟身上，对其炮火猛攻道："其实老钟他啥都不懂哈，整天就知道背答案抄步骤，一点儿能力都没有。"

葛亮一听这话，顿时精神大增，不顾刚才"杀妻之恨"，为邓强输送炮弹道："可不是吓！连我们初中老师都比他强，我就想不通他是怎么混上特级教师的，真没天理。"

邓强见自己这招转移话题果然奏效，开心得不得了，赶紧接话迎合道："咳！现在这社会，有钱都能让鬼打鬼，更甭说老钟的特级教师证了。"

二人像是从轰炸机上投下的炮弹，把老钟一顿乱炸，最后见老钟身上已没什么可拆的零件了，转而又去挤兑别的老师。子母雷最惨，几句话就已被乱刀分尸，"误人子弟"这顶帽子被戴上之后，想拔都拔不下来，激愤得邓强想立刻去当工兵，好亲手把这颗连体炸弹给排了。

过了一会儿，服务生把面条端上来。邓强看到面条，食欲就减了一半。碗里的面像是受过军训，几根排成一队仿佛在站军姿，汤里零星浮着几片菜叶就充当了卤子的责任。一定是厨子太匆忙，把面扔锅里都没搅一下就成排地捞出来了，临时又铺了两片叶子就成了现在的打卤面。

葛亮不惧其貌，张口就咬，费了不少力气才把面截断，咬下来的部分从断开处黏在一起，像是被电焊焊过。

二人无奈地对视几秒后，装作没事低头继续吃。

吃了一半的时候，从外面走进一个男孩，年龄大概与邓强相仿，身穿一套迷彩服，裤腿还粘着些泥点。小迷彩走到柜台处朝里面的收银员大声道："把姓孙的给我叫出来，快！"

收银员以为来人是砸场子的，赶忙起身往里面走，一边还答应着："好的，好的，您稍等，我马上去叫老板。"

不一会儿，从后屋出来个秃头，脖子上还挂一条粗粗的金项链。

小迷彩见金项链出来，一巴掌拍到柜台上，这一巴掌拿捏得恰到好处，既把金项链给镇住了，又没把自己的手拍疼，随即大声道："妈妈的，我的钱到底还给不给了？还要拖多久？"

邓强一见这阵仗，吓得够呛！他估计那金项链也不是什么好鸟，长得就不像个人类，弄不好一会儿双方还可能火拼，忙给葛亮使了个眼色，暗示葛亮要做好随时撤退的准备。葛亮也朝邓强微微点头，表示收到。

金项链满脸堆笑，呲牙对小迷彩打哈哈道："吆！成哥，今天怎么有空来我这儿喝茶？快屋里坐。"

小迷彩推开金项链的手道："妈妈的，少跟我来这套，抓紧给钱。"说着便做出要掏家伙的样子。

邓强估计这回得掏出把手枪或短刀来，吓得刚要跑，谁料小迷彩掏出的是打火机。

金项链眼急手快，忙奉上一根香烟，笑着说："这不是最近手头有点儿紧嘛！再缓两天，再缓两天，呵呵！"

小迷彩立刻吐出口烟，撩起那根金项链道："放屁！手头紧还戴得起这玩意儿？蒙孙子呢吧！"

金项链为了证明自己放的不是屁，撩起链子道："这假的，二十块钱一条。大街上多的是，不信你咬咬，还有牙印呢！"

小迷彩道："没钱你还装个鸟，给一半吧！"

金项链："真没有，最近生意也不太好，一半都给不上。"

小迷彩环顾了一下餐厅道："放屁！生意这么好还骗我，蒙孙子呢吧？"

邓强在一旁暗自为穿迷彩这哥们儿叫屈，短短几分钟就当了两回孙子。

金项链叹口气道："咳！表面上看着是不错，其实根本赚不着啥钱。就像那些光吃碗面条的，要是再给搭碟咸菜，我连茶水钱都捞不回来。我这也是有本钱的，不比那些坐台的没投资风险。光店面费一年我就得好几万。"金项链东拼西凑扯了一大堆，中心思想大概就是说开饭店的都赔钱，还不如去卖身。小迷彩被彻底侃晕菜，低头只顾抽烟。

邓强听着金项链的话别扭得不行，感觉自己像是被施舍了似的，站起来刚要付钱走人，哪料葛亮先一步上前，把钱拍在柜台的桌子上道："我们俩的。"

邓强深深地被此举打动，觉得自己以前是误会同桌了，其实他是很慷慨的一个人。此时幼儿园舔大门事件又浮现在脑海中，这更加佐证了他的想法。

出了门，邓强刚要说两句为兄弟两肋插刀的话表表决心，谁想葛亮先伸手对邓强道："给钱，两块五。"

邓强一愣，装糊涂道："什么钱？"

葛亮："饭钱啊！刚吃完就忘了？"

邓强："你刚才不是说付两个人的嘛！"

葛亮："我刚才是不想让金项链把咱吃面条的给瞧扁咯，才出此义举。世界上哪有免费的晚餐？你说是不？再说那金项链开的店有成本，我这钱也不是大风刮来的，是吧？"

邓强听了头皮直发麻，刚准备说的那些鼓舞士气的话全都被气得自刎了。

回到学校已天色擦黑，邓强见时间尚早，晚上又不用上晚自习，便没和葛亮一起去教室，自己一个人在校园里瞎转。他总觉得学校越转越大，没个尽头，走到池塘旁已疲惫得不行，于是坐到池塘边小憩。

那水池已干得见底，凹凸的石头上还能看出青苔的痕迹，上面又浮着少许垃圾，风景被煞得彻底，几乎与乱葬岗无异，悲凉尽显。

邓强回头，却看见池塘对面石阶上竟还坐着一对情侣，正在卿卿我我，不禁触景生情想起了林絮，越发妒羡起那对情侣来。

郁闷了一会儿，邓强怕自己控制不住一头栽到池塘里，于是起身离开。在学校又兜了一圈，发现除了厕所外，基本上学校的其他场所都被情侣霸占了，连放自行车的停车区也有人蹲点。近期常有走读生说自行车的气门芯被拔，估计是情侣们的杰作，两个人待得闷了，搞点儿恶作剧来增加浪漫情调。

邓强见无处安身，便提前回了宿舍。

睡到半夜，邓强的胃开始风雨大作，难受异常，翻来覆去再也睡不着。他摸着黑去箱子里乱翻了一通，除了摸到个创可贴以外就没弄到一点儿和药有关的东西。邓强推测是晚饭那把半生不熟的面条在发威，可他百思不得其解的是，葛亮也吃了，为什么到现在还安然无恙？是不是还没到发作的时候？

邓强一边忍着痛苦一边关注床上葛亮的动静，盼望着他也快快毒发。

终于快熬到天亮，邓强已身心俱疲，葛亮依然没毒发身亡，在床上熟睡如猪。邓强的痛苦不禁又多涨了一分，可又不得不佩服葛亮已练就百毒不侵之身。

到上早自习的时候，邓强终于撑不住了，他的胃难受得几乎要抽搐。旁边葛亮借火扇风道："你可不能再挺了，不然就严重了吓！以前我大舅就患过胃病，开始也说挺挺就好了，没料到后来——哎呀！"

邓强让这个"哎呀"吓得冷汗直往外冒，以为葛大舅是胃疼而死了，于是咬着牙问："后来怎么样了？"

葛亮摇摇头，惋惜地说："唉！胃穿孔，消化系统彻底报废，现在整天只能靠营养液度日，生不如死啊！"

邓强被吓得够呛，一时把疼都忘了，也不知道该怎么办好。

葛亮又道："我二舅也得过胃病，他——"

邓强骇得赶忙阻止葛亮道："别说了，求你别说了，让我静一静吧！"

邓强可不想听葛亮说他二舅惨得连胃都没了，为了不让自己崩溃掉，步了葛大舅的后尘，他下狠心决定看病。

原本邓强应该去医务室的，怎奈医务室治病极不靠谱，治过后仿佛是地震后的瘟疫，只会让灾情加重。有一次邓强拉肚子，一泻不止，惨得面黄如蜡，医务室的医生似乎有未卜先知的法力，见了邓强二话没说，直接塞了一包提前配好的药片给邓强。邓强也没敢多问，最近同学们都集体拉肚子，他相信医生把药也开得熟练了。不想这药药效奇强，止泻后没刹住车，害得邓强又便秘了一个星期，好几天都没敢吃东西，再仔细看，原来医生开的是感冒药。自此以后邓强便对医务室有了极大的恐惧感。

邓强到数学教研组找老钟请假，见办公室门还锁着，而自己难受得大脑也临时短路，茫然不已。他捂着胃蹲在地上，把脸埋在两腿间不让人看见，心里面大骂老天不公，本来这疼应该是他和葛亮两个人的任务，现在全疼在自己一个人身上了，实在憋火。

邓强的胃疼到了极限，只好把痛苦分担给脸一部分减压。上下牙犹如是仇人相见，都狠狠地咬住对方不放，更像是闭着嘴的捕兽夹，掰都掰不开。他甚至开始羡慕葛亮命好，生了一副抗菌抗毒的铁石肠胃，自己这小肚鸡肠连几根面条都对付不了，实在丢脸。

邓强觉得来往楼道的好几位老师走到自己跟前时好像都加紧了步子，他只得放弃了求救，直到老钟来了。

老钟看到邓强也被吓得够呛！老钟本能地想绕过去，想起邓强是自己的学生，便壮胆上前拍了拍邓强的肩膀，道：“喂！同学。”

正等得绝望的邓强终于听到了招呼自己的声音，赶紧抬起头，一见是老钟，温暖得几乎能站起来。邓强第一次吃惊地发现，原来老师也有如此亲切的时候。

老钟问道：“怎么了这是？蹲在这儿一动不动的，吓坏我了。”

邓强忙道：“老师，我胃疼，可难受死我了，我想请假去医院。”

老钟听后，考虑了一会儿道：“胃难受啊！买点儿药吃，挺挺就过去了，没必要去医院。你看现在复习这么紧，耽误一天就得落后一大截，你说是不是？”

邓强听到“挺挺”就想起了葛大舅的遭遇，更加坚定了去医院的决心。他答道：“不是。”

老钟惊讶地说：“嗯？”大概老钟教了二十几年的书，还从来没人敢当面忤逆他，他猜这小子八成是给疼傻了。

邓强觉得老钟是嫌自己病得太轻，还不到去医院的地步，于是挥泪把葛大舅的一部分事实嫁接给自己道：“老师，我以前就经常犯胃病，最严重的一次差点胃穿孔，再拖怕是这一次得连穿。”

老钟一听“穿孔”顿时紧张起来，他可不愿意这小子挂在自己办公室里。于是老钟赶紧拿出假条，唰唰地把空填满，然后让邓强签字，并关切地问道：“钱够吗？”

邓强听了受宠若惊，他轰轰烈烈活了二十载，这还是第一次遇到老师要给自己钱。难得有这机会，邓强急忙道：“不够。”

这回轮到老钟惊讶了！心里暗怪这种学生不开窍，自己只是客气一下，没想到这小子真实在，竟还当真了。无奈，老钟只好逼着自己说：“我这有。”说着手还伸到包里翻，可翻了一阵子什么都没拿出来，他假装不好意思道：“我今天走得匆忙，没带钱,你去班里跟同学借点儿吧!”

邓强听了大为失望,差点儿抽风似的说:“要不我帮你翻翻吧!”幸好及时止住,只是“哦”了一声就出去了。

邓强出了教学楼来到校门口,见二炮正恪尽职守地立在小门边上,当下也顾不得想许多,赶紧把假条递上好放行。

邓强本打算坐公共汽车去医院的,怎奈公共汽车司机好像都忙着赶命,拿汽车当火箭开,一脚油门能把人轰死。一个刹车下来要是发现自己还活着的,就感激上苍保佑吧!

邓强担心坐公共汽车可能会伤及五脏里的其他零件,便叫了一辆三轮摩的,急着看病的他觉得摩的还不如驴车快,磨叽了好一阵才到市医院。市医院的建筑真宏伟,光门诊部的楼就独当了一面,足占了半条街。旁边的银行跟它比起来简直就像是个公共厕所。

邓强来到大厅,见挂号窗口前排了好几个长队,阵容可谓庞大,看来生意兴隆这四个字没有比用在医院更为合适的了。

邓强见挂号无望,加之又痛苦难忍,面对如此“悠远”的挂号队伍,要是从后面排的话,恐怕号还没挂上,自己就得提前挂了。于是便想先去就诊,然后再把号补挂上,他相信医生肯定不会因为自己没挂号就见死不救的,想到这儿邓强忽然感觉轻松了许多。

这医院四通八达,堪比传说中的雁不归森林,邓强也不知道该往哪走。恰好此时看见前台正站着个导医,导医那张脸好比长江般延绵,正端着个小镜子在描眉。

邓强见了直想笑:这女人还嫌自己脸不够长,出生的时候就没刹住车，任脸疯长，现在又把眉毛画得将要竖起来，估计是为了更能衬托出脸的个性，好让其继续长风破浪。

导医浑身上下除了那件白色衣服和帽子证明她是个护士外，其余和坐台小姐没什么区别，大概这家医院也改走时尚路线了，正努力朝“台上”发展。管她是坐台还是站台，邓强也没敢过去问，他生怕自己过去不小心把“长江”给吓了，到时眉画歪了，把脸画成了黄河就惨了。

邓强四下张望，恰好在大厅的一角瞥到一张整个医院的结构分布图。虽然看着吃力，但也比去问“长江”好得多。

邓强感叹天无绝人之路，根据地图指示爬到了四楼的胃肠科。

一碗面条引发的惨案

邓强刚进门就被退了出来，那医生长得肥脸大耳，脑袋神似个“千斤顶”，上窄下宽。肚子硕大，好像是被割了一刀的轮胎，只是把外胎割破了，内胎从切口处狠狠地鼓了出来。脸胖得几乎要与飞机场持平，都快看不出轮廓了，估计扇上一巴掌能扇出一升的油。

“千斤顶”态度很官方、不容商量地对邓强道：“医院规定，挂号看病。”

邓强只得捂着肚子又去楼下挂号，半路上又不小心在楼梯摔了一跤，身子跟脸一块儿着的地。

此时的他已是五脏齐疼，自己是来看胃的，却连累得脸也受伤。多亏一位清洁工阿姨把邓强从大地的怀抱中给搀扶起来。邓强想说声谢谢，怎奈脸、胃俱痛，连同嘴唇都一起颤抖。阿姨误以为小伙子感动得要哭，下一步就要扑到她怀里，于是赶紧张开双臂迎接。

邓强摆了摆手，然后有气无力地对阿姨抱了抱双拳，意思道：“啥都不说了，谢谢哦！”

挂号的队伍仍不见短，像刚才那位导医小姐的脸一般延绵。邓强拣个队就排，此刻脸、胃联合起来作怪，疼得邓强呲着牙连连呻吟，呻吟声像是脸上长的青春痘痘，接二连三地往外鼓，想止都止不住。

排在邓强前面的是一位老太太，看上去岁数不小，连根黑头发都没有。老太太见小伙子如此痛苦，脸肿得跟猪头似的，于是善心大起，对邓强道："小伙子你排我前面来吧！来。"

邓强见老太太也一大把年纪，估计都能当自己的曾祖母了，便忍着疼从牙缝里挤出三个字道："不——用——了。"

这句极为瘆人的话和那张肿胀得有点狰狞的脸配合在一起，把老太太吓得脸色刷白。

邓强羞愧难当，知道自己肯定把老太太给吓着了，于是伸手要去安抚。

这下老太太更紧张了，她以为这小伙子是给疼傻了，误把自己当成了仇家，要发飙，赶忙退出了挂号的队伍。

等了许久终于挂上了号，邓强庆幸自己命大，没在挂上号之前挂掉，赶紧又爬回四楼肠胃科。

"千斤顶"似乎记性不好，显然已经忘了邓强。邓强刚坐下，"千斤顶"就道："看脸的到外科。"

邓强激动地叫嚷："我不看脸，我看胃。"

"千斤顶"迟疑了一会儿，回过神后戴上橡胶手套，让邓强把衣扣解开。邓强赶忙对"千斤顶"道："医生，我没毒。"他怕"千斤顶"听成"我梅毒"再把自己赶走，赶紧补充道："我昨晚洗的澡。"

“千斤顶”嗔怒地瞪起眼睛道：“你是医生还是我是医生？听你的还是听我的？”

邓强自然不敢得罪“千斤顶”，不然他一生气拍拍屁股走人了，自己就得病死在这里，忙解开扣子，让肚子袒露在外面。

“千斤顶”的手在邓强肚子上走了一个来回，脱下手套开始对邓强问话，语气像是在刑讯逼供。关乎自己的生命大计，邓强不敢怠慢，对“千斤顶”提的问题都是有问必答，而且还是抢答。

“千斤顶”道：“你现在有什么感觉？”

邓强咬牙道：“难受！就是难受，现在连大脑都不清醒了。”

“千斤顶”道：“你这病得抓紧治啊！再不治就严重了，可能还会——”

邓强一听严重二字，忙问：“会怎样？医生你快说会怎样。”

“千斤顶”缓缓道：“可能会导致消化系统全线衰竭。”

邓强被吓得四肢发冷，这个全线衰竭和葛亮说的彻底报废基本是师出同门，不禁在脑海中又浮现出了葛大舅天天挂个输液瓶的凄惨样子，顿感悲凉。

邓强强装镇定道：“那我还有得治没？”

“千斤顶”压抑不住得意地说道：“什么病在我们医院不能治啊？你先住院，观察两天再说，现在下去办个住院手续。”

“千斤顶”这两句话，前一句是夸他们医院牛叉的，后一句是为他们医院赚钱打伏笔的，自始至终都没涉及邓强的病情，到目前为止，他连自己得的什么病都不知道。

邓强用最后一丝气力道：“医生，我得的到底是什么病啊？”

“千斤顶”正抱着手机发短信，眼皮都没抬一下道：“目前还

好好学习 天天向上
我将来要变成一个年轻漂亮的女孩。
理想

其中有一个穿得邋里邋遢的家伙，拖着两行鼻涕走到讲台上傻笑着说："我将来要变成一个年轻漂亮的女孩。"说完了还用衣袖揩了揩鼻涕。

小爷我去年就是
不想走，
才故意考的那么少。

李不理首次高考超常发挥，差一点儿就上了二本线。他回来自吹自擂道：“小爷我去年就是不想走，才故意考得那么少。全国两千多所大学，我想上哪个就去哪个，我来补习都不用学，目的就是等待第二次高考。”

82分

邓强终于也接到卷子了，他赶紧找分数，一看只有82分，瞬间便凉彻心肺。这分数要是被葛亮看去，还不把他开心死？邓强一想：“我可不能害了同桌，虽说我和他有仇，但还不至于要害其性命解恨，不能让他死在自己手里。”

哇！你真厉害，文学知识面这么广。
过奖了，我只不过是对文学有一点小兴趣罢了，何足道哉！

小 TWO 放下手里的饼干袋，叹了口气说："唉！都快跌出亚洲了，71 分。

邓强不禁暗自佩服小 TWO：果然不愧是商人的儿子，出手就是大方，一开口就把五大洲给弄出去一个。

邓强的心跳早已乱了节奏，让他飘飘然不知所以，似乎把所有的不快都挣脱了。脸也不自觉地变红，不知是这阳光温暖了自己，还是这笑容温暖了阳光。

女孩儿朝这边走来，邓强急得手没处放，只恨自己为什么生了两条胳膊，如果和维纳斯雕像一样就好了，至少绝不会如此窘迫。

他这夜睡得尤为踏实，还做了个梦，梦见自己骑着单车载着林絮在幽静的路上缓行，满地铺着金黄的落叶，像是金色的地毯。不安分的风撩起她的发梢，多情的叶子静静地躺在她的肩上，一切的一切都是那么的安静。

二时代饭店
欢
临
给钱，两块五。
什么钱？

出了门:,邓强刚要说两句为兄弟两肋插刀的话表表决心，谁想葛亮先伸手对邓强道:“给钱,两块五。”

邓强一愣,装糊涂道:“什么钱？”

葛亮:“饭钱啊！刚吃完就忘了？”

邓强:“你刚才不是说付两个人的嘛！”

你们居然还两
个人吸一支烟，
讲不讲卫生……

老钟惊道："你们居然还两个人吸一支烟，讲不讲卫生？回去都给我写检查，每人一千字，写不深刻重写，明天班会上念。"

不知道，你先去做个B超看看吧！”

邓强在心里大骂：“这鸟人真是个庸医，病都没看出来就让住院，真把医院当旅馆了。”

邓强刚要发问，“千斤顶”为了镇压住邓强要出口的话，朝门口大喊：“下一个。”

邓强决定不问清楚决不去做 B 超，偏偏这时胃疼再次发作。邓强开始蹲在地上连声呻吟，希望用这种方式唤起“千斤顶”的良知。可“千斤顶”像是听惯了这种哀嚎，对此充耳不闻，正与刚进来的女患者谈得热乎。其实这也能理解，医生长期在医院工作，当然早已见惯了病痛折磨，就好比一个工作在火葬场的人见惯了尸体一样自然。

可邓强觉得不自然，他对“千斤顶”有了挫骨扬灰泄愤的冲动。

之后来就诊的两名患者都被告知可能会面临消化系统衰竭，需住院治疗。

邓强在旁看透了“千斤顶”的看病套腔，惊愤得要跟他打一架为民除害。可他站起来刚向前走了两步，突然胃内奇胀，五脏翻腾如黄河泛滥，邓强觉得势头不对，又立刻蹲回到地上。

“哗——！”

霎时间肚内杂物以黄河决堤之势倾巢而出，险些把邓强的喉咙撑破。

“千斤顶”见此情形从椅子上跳起来大吼：“你快出去，给我出去！护士！护士！”

邓强遵照医嘱一边走一边吐，等他走到门口时也快吐完了。

这时他忽然有种豁然开朗的感觉，如一条被拴了很长时间的野马，突然间挣脱了缰绳，又有了重新奔驰的快感。虽说腿有点儿不听使唤，但全身轻松舒畅，就像武侠小说里受了内伤的人，突然被打通了任督二脉一样畅快。邓强觉得自己的病一下全好了，此刻又有种大难不死的兴奋，觉得世界又重新美好起来了。

邓强看了看自己吐了一地的“病毒”，又看了看“千斤顶”，对“千斤顶”深表同情后，邓强准备走人。“千斤顶”追上来怒道：“这就想走啦？”邓强见他旧怒未平、新怒又至，气势汹汹地朝自己杀来，赶忙又蹲回到地上故作呕吐状。

“千斤顶”顿时没有了迎难而上的勇气，踮起脚尖开始往后撤。邓强干呕了几下，什么也没创造出来，肚内已虚空得不行，他担心再呕会把胃给请出来，于是放弃战斗，赶忙起身离开。邓强加紧了步子，“千斤顶”的咆哮声也越来越远。

邓强出了医院就坐上公交回校，司机依旧玩命似的拿车当火箭开，邓强紧张得都不敢观赏窗外的风景，生怕一不留神自己就成了风景，只好死抓扶手以求保命。

回到学校时，第四节课已过去一半，远远地就听到教室内如菜市场般嘈杂，笑声、喊叫声，声声入耳。邓强恍然想起，这节课应是化学课。化学老师前些天代表学校外出学习，未归，因此这节课依旧自习。化学老师是本校的政教主任，外出学习比国家元首外出访问还频繁，只不过学回来的知识极乏，吃饭的经验倒学到不少，每次归来，肚子看上去都会比原来大上一圈儿，成了名副其实的——饭桶，估计桶里装的都是没来得及消化的知识。

邓强一推门，教室里即刻然安静下来，像是电视机突然被调了静音。半空中还停着女生说了一半的话：“你别——”

邓强也不知道这个“你别——”的下文是什么，可能是“你别杀我”也说不定。他无心猜下文，径直朝座位走去，顿时班里嘘声一片，嘘得邓强都不敢抬头。

葛亮仍在酣眠，估计睡得都快忘了自己是谁了。此时邓强肚内亏空严重，饿得不行，人越饿就越困，邓强深明此理，因此坐下之后也没翻课本，而是直接趴到桌上筹备睡意。怎奈班里面像是开大合唱，说话声一浪盖过一浪。开始时，前面的同学都还在学习，只有后面的在说，后来前面的在后面的带动下也开始说，而且把声音扩大，势要压倒后面的。后面的也不甘示弱，声音一大再大。邓强意乱心烦，好不容易筹备的那点儿睡意全被吓死了，气得邓强真想拿个指挥棒把这个合唱团的人都给指挥得去自杀算了。葛亮依旧睡得就像个死人，估计就算日本鬼子再来扫荡一次也扫不醒他。

位居前半教室的班长见自己队伍正处于劣势，于是打算高挂免战牌，对全班人道：“都别说了。”可是这句话音量太小，刚出口就被抹杀掉了，于是大怒。他本想站起来说“把我的话当放屁了啊”，不料站起来一激动就说成了“不把我的话当放屁啊”。

全班哄然大笑，后半教室的人小声答道：“当了，当了。”

这下班长更急，朝后面骂道：“奶奶个熊的，后面的给我闭上那鸟嘴。”

后面的立即回应道：“前面的那个鸟嘴先闭上。”这下班长面子大折，急道：“谁他妈说的？”

后面的人脑筋急转弯道："爹。"

眼瞅大战一触即发，全班一片寂静。邓强赶紧捅了捅葛亮，喊其一块儿看戏。

葛亮正值朦胧之际，见周围静悄悄，以为是自己被老师点名了，忙站起来答："到。"这个"到"不紧不慢，正好和那个"爹"接上轨，葛亮竟阴差阳错地收了个儿子，全班人抚掌爆笑，邓强也乐不可支。

葛亮不知所以然，忙问是怎么回事。邓强一看葛亮的脸一半像是被火山喷过似的，被压得通红，另一半儿还较朴素，保留着原样，邓强见这一红一白的，笑得更厉害了，病也好了一大半。

下午的课上邓强基本都在补眠，除了第四节老钟的班会课。老钟在这次班会上一改常态，不像以前只温习中学生守则，而是弹劾两位违反纪律的同学，而那两位同学很荣幸是601寝室的葛亮和小TWO。原因是昨晚老钟对寝室突击检查，查到601寝室时，在衣柜下面发现了一个烟头，老钟捏起烟头立即设堂审案，要揪出"凶手"。

开始的时候，全寝五人还上下一心，拒不承认是本舍同学吸烟。关键时刻老钟使出了杀手锏，他要把五位学生的家长都请来。

葛亮倒一点儿也不担心请家长，因为老爹并没有规定不准他吸烟。小TWO就更不担心了，平时在家就被溺爱得严重，何况如今出国的希望寄托在了他一人身上，别说吸烟，就算是吸大烟也能得到谅解。这两位当事人觉得要是能再拖上三个家长也更够劲。这引起了其余三人的强烈不满，特别是李不理，整个人像是让雷管儿给炸过，反应巨大，他一语道破是马超群吸的烟。邓、孙二人见有人打头阵，于是纷纷响应，都点头说“是”。葛亮在旁窃喜，见黑锅已有人背上，自己便没了后顾之忧。不料小TWO 情急乱咬，还没等老钟开口问，就老实地把葛亮也给交代出来了。好比一个被判了死刑的人，死前能多咬出一个是一个，能不能减刑尚且不论，最起码还能拖上一个陪葬。

这下葛亮开始为自己鸣不平了，昨晚那支烟都被小 TWO 吸尽了精华，只剩块儿烟蒂的时候自己嘬了两口，如今为这搭上老爹，真是不值。于是立即向老钟申辩道：“老师，这烟我只吸了两口，大部分都是马超群吸的。”

老钟惊道：“你们居然还两个人吸一支烟，讲不讲卫生？回去都给我写检查，每人一千字，写不深刻重写，明天班会上念。”

小 TWO 写文章属于英雄气短型，每回写话题作文都要把规定的八百字斩掉一百多才能勉强成文。这回让他组织出一千字这么庞大的阵容，简直难于上青天。被逼无奈，小 TWO 不得不向班上资深的“检查团”同学请教。“检查团”是他的外号，其本名叫司川川，由于经常违纪，写的检查比要写的作业还多，写检查也算得上是他的一门功课了。经过多年的探索，他积累的写检查经验已相当丰富，像什么夹叙夹议、情景交融等写作技巧都运用娴熟，因此才有了“检查团”这个光荣称号。

小 TWO 把情况跟司川川介绍一遍后，司川川不假思索道：“这个太容易了，你把烟的来历介绍一遍，写五百字，再把吸烟时做的思想斗争写四百字，最后承认错误再写一百字。”

小 TWO 道：“这烟是别人给的，一句话就完了，根本写不出五百字。而且我吸那会儿根本没做思想斗争，挺痛快的。”

司川川一听忙摆手，拿出一副老江湖的做派道：“一看你就是涉世不深，一点儿都不会变通。你可以写这烟是从家里面带来的，再设计一段情景，这五百字不就有了嘛！思想斗争这段绝对是不可缺少的，这说明你原本是不想吸的，只是一时冲动而已，这才能表达出你认识错误的深刻，以免重写。”

小 TWO 一听，思路顿时豁然开朗，暗叹司川川果然配得上“检查团”这个名号，谢过司川川后回去开写。

这次葛亮本想把每次作文的必杀技用上，写成：

盈盈月光，我掬一杯最清的；落落余辉，我拥一缕最暖的；灼灼红叶，我拾一片最热的；萋萋芳草，我摘一束最灿的；漫漫人生，我要采撷世间最重的——检查。

但葛亮又考虑到把检查写得太有文采表达不出深刻性，经过一番斗争后，挥泪决定暂时放弃必杀技，改用记叙文表达，经过两节课的奋战，检查总算告成。

下午的班会像是老钟的个人演唱会，可同学们早已麻木出了水平，台下连个喝彩的都没有。加之老钟又身兼星火燎原的绝技，听得众生如梦如幻。他从一个烟头构思出了整个校园被烧光的情景。照这种形势看，如果老钟见到个孕妇，一定能延伸出一个军来，可见他想象力之超凡，绝非常人可媲美。老钟这一超凡能力在别的老师面前根本连表现的机会都没有，今日难得有这么多安静的听众，顿时兴致大起，最后竟忘了刹车，结果一节课阵亡了。

老钟意犹未尽，怪钟表瞎转，断了自己可持续发展的思路，又不舍得挥刀自砍，只好假装没听见下课铃声。

同学们不想课间休息时间也被剥夺，都开始鼓掌起哄。不料老钟把这掌声误会了，以为是自己讲得精彩，把学生吸引住了，他欣慰地大笑两声后示意同学们停下，自己要继续。可同学们一片热忱，非要用掌声把老钟送走。最后老钟盛情难却，顶着噪音又乱扯了几句，开心地去了。

葛、马二人万分感激一节课只有四十五分钟，更感激老钟演讲太敬业没给自己去读检查的机会，天下大赦般冲出了教室。

邓强见两位室友没当众挂彩，心里阵阵失落，如同自己中了大奖，奖品却被别人领去了一样失落。

小 TWO 如劫后余生，为了表彰自己昨天出卖有功，嚷嚷着要请客，众人一听有人要出血，结果哄哄着跟去了七八个人。小 TWO 见人多势众，没敢大出血，最后只买了一包瓜子，平均下来一人还不够十粒，惹得众人大骂小 TWO 雄奸巨诈，老拿小恩小惠欺骗革命同志的感情。葛亮更是恨得牙痒痒，昨天晚上就被这位战友给踹下了水，今天又栽到沟里，气得他把瓜子皮也当成马超群给嚼了。

开学没多久，生活方面就严重脱轨，让邓强几近崩溃。首先是在生活方面出现了共产的局面，最先共产的就是洗衣粉，起初大家还都不越雷池一步，各用各的。后来就表现出众志成城的团结气象，自己的用光了都不买，看到谁有就帮着一块儿用，结果谁也不敢再买洗衣粉了。最后形势愈演愈烈，发展到 601 寝室集体外出去借洗衣粉，这下牵动隔壁几个寝室也闹洗衣粉危机，整天防狼似的过日子。

最后葛亮实在忍受不住了，迫于要给苏晓亚留下爱干净形象的压力，偷偷买了一包洗衣粉，用完后小心翼翼地藏到枕头底下。晚上回来一看，洗衣粉和袋儿早已身首异处，只剩下空袋子静静地躲在枕头下，其余四人装得跟没事人一样，葛亮怒得要灭掉一寝室人泄愤。可他没亲眼见到谁用，一肚子气也不敢轻易发泄，生怕成为公敌，只好甘做冤大头。

此后情况越发严重，连牙膏都到了共产的地步，邓强新买的牙膏第二天就被用去了一大截。邓强伤心得不行，不知道牙刷是不是也被剥夺了政治权利终身。无奈，只好扔了再买一个。这种共产的日子一直持续了两周，大家都快被耗得顶不住了，最终决定开会讨论，达成的第一项共识就是各家自扫门前雪。如此一来，宿舍生态总算暂时回归平衡。

第二个大问题来自孙芊一。俗话说，“书到用时方恨少，钱到月底不够花”，孙芊一比这个还要高出一个层次，钱在月中的时候就不够花了，这两天正四处借钱。601 寝室最先遭屠戮的便是小 TWO 同学，孙芊一逮了个最佳时机，瞅准小 TWO 数钱时去借钱，人“赃”并获，连小 TWO 找借口推脱的机会都没给。碍于面子，小 TWO 忍痛割了一百给孙芊一。孙芊一承诺两天后还，其实这个承诺在邓强眼里，似乎比海底两万里还遥远。第二个遇难的便是葛亮，葛亮庆幸没让孙芊一逮到人跟钱在一块儿的时候，但这回孙芊一没有借钱，而是借饭卡，这招出其不意打得葛亮措手不及，一时没招架住。饭卡借出去后被孙芊一猛吃一顿，才得以荣归。再一看，卡上已无余额，葛亮心疼得不得了，转而又暗自庆幸：幸亏此卡不能透支，不然可能还得出大血。

邓强为了自己不被宰，这两天苦想对策。晚上一回到寝室就密切注意孙芊一的动向，见孙芊一朝自己这边走来，立马转身对孙芊一道："哎！我刚要去找你呢？最近手头有点儿紧，借点儿钱用用吧！"孙芊一被反轰一炮，轰懵了，他没想到自己借了一辈子的钱，今天却被别人借钱了。孙芊一迷惑得不行，抬头看邓强时满脸都是问号。邓强可没给他留活路，又乘胜追击道："实在没有的话，借饭卡也可以。"孙芊一见状立马打消了借钱的念头，挥手道："我更没有。"这招以毒攻毒计果然奏效，以后的几天里孙芊一都没找邓强借过钱。众人见此招如此牛叉，纷纷仿效，一见面就哭穷相互借钱，悲惨得如同进了难民营一般。

开学第一个月的最后一周过得最痛苦：一则钱不够花了，邓强每天都得勒紧腰带度日；二则月考快到了。邓强开始还信誓旦旦地把这次月考比作高考，决定冲刺一把。考前他预计自己能去北大，考完之后估计自己只能去北大荒了，信心清零后再也不思学习。林絮那边又没什么进展，可谓学业、爱情双双受阻。真是倒霉瞌睡多，他这两日困倦得不行，睡眠根本得不到控制，困意如婴儿的尿意一般，说来就来。邓强恨不能把一天二十四小时都睡过去才罢休。

这个星期五早自习时，邓强睡得正酣，却被一阵笑声惊醒，那笑声如拖拉机发动机的声音一样，吵得邓强要崩溃。邓强随声而寻，寻到了胡贝贝，真是冤家路窄。胡贝贝正与同桌谈论近期刚出来的日本动漫，声音波及方圆数里，邓强恨不能在胸前挂一个牌子，上书“抵制噪音”去抵制胡贝贝。

邓强抬头朝胡贝贝道：“小点儿声。”胡贝贝正说得意气风发，被这句话搅得要发疯，随即回过头白了邓强一眼，转过去又继续说。邓强见自己的话根本没起到杀敌的作用，还不如放个屁的影响力大，于是大声对胡贝贝道：“别说了行不？”胡贝贝当着众人被命令，面子大折，再加上本来就对邓强颇有偏见。于是也怒道：“关你屁事，又不是跟你说。”

邓强惊讶地想：这胡贝贝怎么会有如此胆魄？难不成是有了后台？他回忆起了前两天胡贝贝和班长黏黏糊糊的劲儿，看来定是胡贝贝把班长的心理防线给攻破了，拿下了班上最大的官也就等于自己手握兵权了，所以她气焰才会如此嚣张。邓强在心里默默祝福他们两个不会有好结果。祝福完后，又仔细想了想，要是一会儿真打起来，那战局就是一对二，自己肯定吃亏，就算侥幸取胜了，把官司打到老钟那儿，老钟也会偏袒自己亲信的，于是决定先获得群众的支持再图反扑大计。

邓强又道：“你说话声音太大，影响大家上自习了。”邓强特意把“大家”二字说得重些。不想大家都已练到宠辱不惊的境界了，对此都不以为然。各路人马好像都心有灵犀似的，没有一个人上前帮忙，都摆出一副与世无争的姿态作壁上观。

邓强大为失望，古语云：“两虎相斗必有一伤。”更何况对方还是一母老虎，要是继续斗下去，伤的肯定是自己。

胡贝贝见邓强是孤军奋战，报仇之情顿时高涨，痛骂声不绝如缕，好像要让邓强万劫不复：“你以为你是谁啊！管得还挺宽的，真把自己当耶稣了吧？人有个脸，树有层皮，电线杆还糊层水泥呢？你是没皮没脸没水泥。”

邓强一下成了“三无”产品，不知该如何招架。

胡贝贝骂得正过瘾，还别出心裁地把骂人同各门学科紧密结合。首先是生物学，她把脸部器官排列得井井有条，道：“你别蹬鼻子上脸，踩脸上天。”然后又物理学：“你算个 M 比 V 啊。”“你以为你会玩光合作用啊！放个屁就能升到大气层去抵御紫外线？算了吧你，也不去太平洋照照你脸有多大。”

邓强想到自己目前还没有去太平洋深造的决定，再者说路费也出不起，一时为之气结，差点儿就地装晕过去。幸好老钟及时赶到，制止了这场舌战。

胡贝贝随机应变，见老钟进来后立即改走悲情路线，开始伏案痛哭。

邓强自认为从小便有乘风破浪、九天揽月之志，可此刻除了自恨没胡贝贝这么机智灵活外，他唯一能做的就是装得和大树似的硬挺，总之就是不能学胡贝贝涕泪横流。

胡贝贝为了展现淑女的一面，趴在桌上抽泣不止，与刚才简直判若两人，身子抖得像是经历了里氏八点零级大地震。照此哭法常人早该哭抽好几回了，可邓强光看到地震却不见房子倒塌，不免怀疑她是假哭。

老钟把邓强和胡贝贝叫进办公室。胡贝贝睫毛上还挂着几滴泪花。邓强心生佩服，看来“女人是水做的”这话真是不假，眼睛随便那么一挤，眼泪就能飞流直下三千尺。

起初胡贝贝装得一脸无辜，刚才那股子杀气早已被藏匿得无影无踪，一丝痕迹都没留下，好像刚才骂人的不是她胡贝贝。

过了几分钟后，胡贝贝神情肃然平静，估计让佛来都参不透其中的奥妙。邓强一见她如此镇定，不由先乱了阵脚，像是临阵胆怯的士兵，撒腿想跑。

老钟见胡贝贝哭得厉害，就断定是邓强欺负了胡贝贝，于是正义感油然而生，劈头就给邓强一顿数落："你说你一个大男生，跟个女生较什么劲啊！影响了正常自习秩序不说，你得给人家胡贝贝同学的心灵造成多大的伤害啊！"

邓强一听这话，心里瞬间凉了半截，他被刺激得差点儿忘了喘气，赶紧大呼了几口空气，在证明肺活量还没归零之后，立马为自己申辩道："老师，这事儿根本——"

哪知自己一句话还没说完，老钟就立刻有了回馈，比 10086 还及时，他愤然道："你还敢诡辩，犯了错误也不思悔改，我管不了你了是吧？去、去政教处说去吧！"

邓强一听政教处仨字立马没电了，那个地方没事儿也能审出点儿事来。而且政教处为了树立威信，一贯都遵循"小事大办，大事法办"的原则，这样才能起到杀一儆百的作用。邓强暗自叫苦："今天算栽了，先是遇上个电母，把我劈的半死。找上级伸冤又遇上电母他爹，二人一起放电，我不死才怪。"当下只好赶紧承认错误以求宽大处理。

邓强为了装出自己确实有诚意认错，一口气连说了六个"我错了"。

老钟见邓强确有悔改之意，嘴里又一直说"我错了"，不忍自己的弟子就这样一直错下去，忙制止邓强说："好了，好了，知错就好，去门口站一个小时，然后再写份检查交给我。"

邓强无故被胡贝贝栽了莫须有的罪名，连羞带辱，只恨不能杀身成仁，一时间愤恨之情绵绵不绝。

在老师办公室门口罚站是最不光彩的事了，如同游街示众一般。邓强此时已没了乘风破浪的勇气，看到有人经过跟前时，立即摆出一副悠然自得的样子，用背靠着墙，还用一只脚蹬着，装作好不自在的模样。但一听到办公室有脚步声时，立马又换做立正姿势，作诚恳恭敬状。

终于站满一个小时了，邓强双腿麻木，连愤怒都没了力气，回到教室就开睡，一直到放学。中午吃过饭后下午继续睡，上完两节课终于放月假了，邓强回宿舍把攒了一个月的脏衣服收拾收拾带回家。

李后主的江湖地位

坐在车上，邓强也说不清楚心里是个什么滋味，每次回家都有那么点失落或愧疚萦绕在心头，挥也挥不去。窗外匆匆闪过的建筑，犹如这青葱的岁月，来不及细细品味就已成过往。在他看来，生活不像酒，藏得越久才会越醇厚，而是像酒精，不用时间来酝酿，其本身就那么浓烈，每一天的生活都可以呛得他茫然无措。

邓强觉得自己现在的生活连酒精都称不上，充其量也就是酒糟，乱七八糟的。正当胡思乱想之际，邓强不经意抬头，瞥到一个熟悉得都快记不起来的侧影，邓强止住呼吸，集中所有注意力，恨不能把两只眼睛都叠到一起，生怕让她跑掉。那人轻轻侧过头，邓强激动得要跳起来，没错，正是林絮。能在车上相遇，此时邓强觉得自己的心跳仿佛是从喜马拉雅山上滚下来的雪球一样，越来越重。

邓强稍微调整了一下视角，惊讶地发现坐在林絮旁边的却是老仇家胡贝贝。真是一朵狗尾巴草挨上了一朵鲜花，要是自己能坐在林絮旁边，多美！这么一想，邓强更加讨厌胡贝贝了。

邓强胸怀大志，盘算着怎么抓住机会设计一次邂逅，让俩人终生难忘。很快他就制定了两套行动方案。第一套是，如果胡贝贝识相，过一会儿就下车的话，自己就直接坐过去，假装认错人，然后切入正题，大谈理想抱负，毕竟女孩子都比较喜欢有理想的男生嘛！相信这样定会在林絮心里留下个深深的烙印，想到这邓强禁不住得意地笑了两声。第二套方案，如果过会儿胡贝贝死皮赖脸地不走，那只好采用苦肉计，先是把装书用的袋子的拎手给弄松，走到林絮跟前时轻轻一拉，让五六本书倾巢而出，他相信林絮肯定会捡书，两人便多了亲密接触的机会。如今唯一的遗憾就是课本带得太少，正应了古人那句“书到用时方恨少”这个真理。幸好还有二十多张卷子可以凑数，也够林絮帮忙捡上一阵子的了。邓强希望能够实现第二套方案，因为这种邂逅最值得回忆了，电视剧里经常这么演。

林絮正跟胡贝贝低头耳语，时而还会露出那阳光般的笑容，照得邓强光芒万丈。相比之下，胡贝贝那排山倒海的笑声足以吓死一头牛。只可惜那阳光般的笑容找错了对象，被胡贝贝这等山炮享用，邓强是羡慕嫉妒恨。

邓强身长莫及，恨不能在汽车里的过道上安把椅子，听听林絮到底在说什么。

盼了许久，胡贝贝在椅子上坐得就像个石佛，一点儿走的趋势都没有。邓强急得要冒烟，恨不得把胡贝贝给扔到南极大陆上去晾晾。见第一个计划不能实现，邓强开始着手准备第二个计划。他怕一会儿捡的东西不够多，把水杯、校卡、饭卡也放进了书袋中，一切准备就绪后，做了几个深呼吸。

正当他呼吸时，车突然停了，这一停差点儿把邓强的心跳也给刹住，只见林絮和胡贝贝一同起身，拎着包朝车门走去。

邓强大惊，赶紧朝门口奔去。

还没跑出一步，“哗——”

书、水杯、卷子……都提前出动，撒了一地。邓强大窘，忙蹲在地上捡。

旁边的人见状，立马纷纷转过身去，装做什么都没看见，齐心协力地往窗外看，好像窗外发生了枪战，能这么吸引人。

等他捡完书，林絮早已没了踪影，梦想中的完美邂逅，就这么泻没了。邓强失落难掩，不禁长叹：“忧伤啊！它前赴后继，瞭望着自己的爱情，它咋就跟笑话似的？”邓强正忧伤地瞭望着，忽然大叫一声：“坏了，过站了。”赶紧吆喝司机停车。司机跟开卡丁车似的，左摇右晃地多滑了好几十米才把车刹住。

下车后邓强也不知道这是什么地方，无奈只好沿着路边往反方向走。

走到家时天色已朦胧，邓强累出一身的虚汗，进屋就喊道：“爸，可饿死我了，快弄点儿吃的。”走到里屋，见老爹穿得西装笔挺，正坐在椅子上看电视。邓强以为老爹去开人民代表大会了，刚要上去亲切地握个手，谁料老邓一见儿子，扔下遥控器就站了起来，让邓强扑了个空。老邓道：“哎呀！祖宗，你可算回来了，就等你了，快收拾收拾跟我去你大头叔家喝喜酒。”

邓强这才明白，怪不得老爹一副参加重大集会的样子，原来是赶着喝喜酒去。一听说吃大餐，邓强兴奋地问：“大头叔今天娶二房啊?”老邓忙用手敲邓强的头,道:“尽胡说,是你大头叔的儿子小头今天结婚。”邓强大惊,小头是自己的初中同学,初中毕业后便去了南方打工,没想到这么快都结婚了,这变化真是翻天覆地。想起林絮,邓强一时血液凝固,也说不清是什么感觉。

老邓又催,邓强道:“我不想去了。”

老邓忙道:“不去了?我随了五十块份子钱呢,咱俩得把本儿吃回来,我一个人搞不定。”

邓强不由佩服老爹不愧是生意人,连喝喜酒都得把份子钱喝回来,于是仗义地配合道:“走。”

老邓和邓强赶到时还没开席,正好到婚礼的最后一个节目——两位新人发表感言。老邓入座后甚为欣慰:幸亏没错过这末班车,不然就得吃残羹冷饭。

满桌的人都静静地聆听着,谁都没先动筷。邓强等得心痒难挠,肚子饿得要抽筋。小头还在说个没完,几乎和老钟有得一拼,废话不说到大洋彼岸都不踩刹车,拖拉得成了海“龟”了。

“首先感谢大家的到来,我先干一杯。然后——”

小头干了一杯又一杯,大有不醉不罢休的趋势。邓强心急如火,他再也坚持不下去了,还没等小头说“干”,就先把一个鸡腿拖到自己碗里去了。老邓也不管了,他已经一天都没吃东西了,全压到这一顿上了。其他宾客见有人开了头,也没心思听小头一个个致谢了,抄起筷子就朝菜猛攻。几回合下来,盘子都空得很彻底。

邓强落了筷子,用手安抚着肚子,好让胃慢慢消化,他可不想急功近利,吃得太快,万一吃下去的全都浮上来,那刚才的努力可就白费了。

吃饱了，众人才把嘴空出余地来聊天，连谁家猪生了个小猪都能讨论好一阵子。

邓强再也听不下去，便想走人。

席上一个大妈级别的人物满脸涂着粉，像是刚从面缸里捞出来似的。她便是给小头做媒的媒婆。这媒婆做成了几桩媒，尝了不少甜头，因此见了年轻人就问婚嫁否。

“面缸”正叼着根牙签打听邓强的内幕，在得知邓强还没成家后，硬是嚷嚷着要给邓强介绍个对象。

邓强赶忙拉老爹当挡箭牌，谁想老邓一听这话忙向“面缸”打听姑娘长得咋样。邓强气得差点儿当众宣布和老邓脱离父子关系。

回到家，夜深人静的时候，邓强躺在床上难以入眠，他开始思索起自己这二十年的人生。想到初中那几个同学，禁不住悲从中来。小头是邓强几个要好的同学里学习最烂的一个，初中毕业后，心知在求学方面不会找到一个好的未来，放了教育制度一记空炮后，便南下去打工。如今衣食无忧了，顺便完婚，转身还放了婚姻法一炮，虽说小头还不到法定结婚年龄，但法律并没有禁止事实婚姻，不少人都是先结婚后领证。这就好比说交通规则规定必须是绿灯才能通行，但每次闯红灯的也大有人在。小头不但闯了红灯，而且还是无证驾驶，但也算是不走寻常路。邓强想：小头放此炮后也算把人生过足了瘾，而自己这又算什么？连人生的第一道坎都没过去，倒是让教育给放了两炮，而且至今仍身陷其中，生死难料，就更别说洞房花烛了，怕是只能靠幻想了。都说一度龙门身价十倍，如今自己就要二度龙门了，能不能度过去还是未知数。

当初来复读是不是选错了路？到底是自己错了还是教育体制错了？邓强也学习狐狸吃不到葡萄就说葡萄酸的精神，在心里把高考制度大骂一顿泄愤，骂完之后感觉安慰了许多。

这时困意也姗姗而至，把这夜都遮住了，也看不清它是什么颜色。天还是有点儿凉，邓强裹了裹被子，把寒意和那些不快乐的情绪统统挡在了外面。也许在梦境里，才能寻到现实中没有的快乐和安慰。

美好的时光总是过得匆匆，邓强在家里才清静地待了两天，就要赶着去学校，难免有些不舍。临行前老邓殷殷嘱咐儿子要认真学习，并在口头加油，给其动力。邓强更直接，把老爹赐予的动力都转化成了压力，又迷茫了不少。

周日下午，邓强和葛亮一起出去购物。到了校门口，却见苏晓亚正在那恭候着。邓强这才明白原来自己当了回电灯泡。葛亮拉着苏晓亚的手走在前面，邓强像个宠物似的跟在后面。两人亲密无间的样子看得邓强心酸不已，恨不能立马挥刀杀掉丘比特，让世界不再有爱情。

进了超市邓强直奔主题，买好一大袋洗衣粉后便想走人。不料苏晓亚却逛个没完，像日本兵发现了村庄，开始了疯狂扫荡，吃的、用的、玩的无一幸免。苏晓亚每拿上一样东西，都像在葛亮心头狠狠地捅了一刀。葛亮还不得不在表面上装作无所谓，却偷偷在心里滴血。葛亮觉得自己已变成了一张任由苏晓亚刷的银行卡。

一旁的邓强开始暗自庆幸还没有女朋友。葛亮如同搬运工一样，大包中包小包俱揽怀中，邓强不由同情起葛亮来。

付款时，葛亮故作财大气粗状，把一百多块献了出去，比给灾区献爱心还痛快，其实这时的葛亮心里早就不知道疼成什么样了。

邓强漫不经心地看着葛亮付款、当搬运工。葛亮与前几日吃面条付款的表现形成了强烈的反差，所以邓强越是体会到现在葛亮的心疼，就越是幸灾乐祸。

邓强也终于明白孙芊一手里的钱为什么会那么短命了，原来全都是在女孩子面前装大款装出去的。

邓强甩着那袋洗衣粉出了超市，如今的国货都水得要命，是名副其实的水货。邓强刚甩了两下，那洗衣粉袋子的拎手就断了，不偏不倚正好掉进一个乞丐的盆里。

邓强迈步上前，准备把袋子从盆里拖出来。可他的手刚触及目标，便被一巴掌生生地拍了回去。邓强加了把力气，那乞丐加了两把力气，袋子又被拖了回去。邓强抬头，见那乞丐一脸坚定，本着"有来无回"的原则，坚守着阵地。邓强急得想要装哭来个反乞讨，但一时泪腺不受调度，没能实现。邓强又拔了两下，无果。又扯了几下做最后的努力，还是没用，见无望收拾旧山河，便放弃了争取，转身又进了超市，准备再买一袋。

葛、苏二人如同看耍猴一般，看得欢心鼓舞。尤其是葛亮，压抑了一天的苦闷终于得到了释放，感觉安慰了许多。

这几天邓强一直在思考始终接近不了林絮的原因，终于发现问题其实还是在自己身上，他把对林絮的感情收藏得太隐蔽，自己轰轰烈烈地绞尽脑汁创造接近林絮的机会，到头来人家都不知道有自己这号人物，亏就亏在自己心里想的不能像广播一样自然传到林絮的耳朵里，这就是暗恋的弊端。倘若自己哪天真的有胆豁出脸皮去递情书，对方见来人都不知是何许人也，肯定会被吓到，或者会以为收到的是恐吓信，再或者以为情书的作者吃错了药，荷尔蒙分泌失调，感情泛滥。

邓强总结自己的失败教训，觉得自己以前没有跟林絮去认识的机会，仿佛是葡萄架下的狐狸，只能红着眼看，是酸是甜根本没有评判的权利。他终于意识到如果有根杆子，兴许就能够到葡萄。胡贝贝就理所当然成了这根杆子。既然林絮和胡贝贝那么亲密，要通过她把自己引入林絮的生活应该不是什么问题。大彻大悟后，邓强这些天对胡贝贝尤为殷勤，经常借问问题的名义前去搭讪。

开始时胡贝贝还以为邓强蓄谋要再次挑起争端，因此总是不留情面，白眼相加。有一次，胡贝贝的同桌不经意开玩笑说："邓强这小子可能要追你呢。"胡贝贝一听脸色大变，她回忆这些日子的零散片段，越想越觉得像，便忍着狂乱的喜悦说："他？才不配呢！"然后又向同桌揭秘自己以前曾被几个帅气男生狂热追求，但她谁都没有答应，以此来证明自己的无限魅力和纯洁无瑕。胡贝贝边说还边抚着刘海，仿佛自己正在被那几个男生追求。

那胡贝贝的同桌也是女生，这么多年却没有被追过，听了胡贝贝的美好回忆实在添堵，她本想说自己在初中曾被一个班的男生追过，但一想把事情编到初中未免有早恋的嫌疑，再说被一个班的男生追那肯定是挨打，未免把牛皮吹得太大了。她想把事情编到高中，可又担心时间隔得不长，反而容易引人考证，遭同学笑话。于是只好放弃被男生追这个话题，很深刻地设问道："那些纯粹是些花花公子的虚情假意，正常生理遗留下的荷尔蒙激素，懂什么是真爱吗？"

胡贝贝一听自己的荣耀被贬成是激素过剩，气得脸色惨白，不再搭理同桌。

胡贝贝虽然嘴上说着不可能，却在心里无限遐想这种可能，于是逢人就说邓强在追她，暗地里又偷偷扑粉喷香水，下了课就开始照镜子，尽量让自己精致得无可挑剔。

邓强名节受损，恨不能像贞女烈妇那样去自杀以证清白，他决定尽快清除误会。

跟自己心仪的人说心事和跟心仪的人以外的人说心事截然不同，邓强把事情的始末说得像放炮仗一样畅快，因为对象是胡贝贝，而不是林絮。

邓强以为即便胡贝贝不打算帮自己这个忙，表面上也会大度地说尽力而为。但胡贝贝的反应着实让邓强吃了一惊。只听胡贝贝大骂道："混蛋！你个骗子，你利用我！"说着还把邓强搭讪用的道具——书，给摔在了地上，并发誓道："以后别再问我问题，滚！我什么都不会告诉你的！"这时的邓强当然只想尽快捡起书滚，不料胡贝贝后面又跟上一句："你是不会得逞的，我会看到你失败的。"邓强觉得自己仿佛成了阴谋家，注定了失败的可耻下场，羞得无地自容。

经摔书一事后，邓、胡两人在别的同学眼中反而更像情侣了。实际上两位当事人却像百兽棋里的猫和老鼠一样，一方总想将另一方消灭。

利用胡贝贝追求林絮的计划失败后，邓强只好把希望又重新寄托在了自己的身上。

老钟这两日“重回故里”，刚赢得尊敬没几天，又开始了搬答案生涯，他每次把要讲的试卷都涂得满满的，讲课时照搬，人气日渐衰退。有一天晚自习，邓强请教老钟数学题，老钟刻苦了半节课也没弄出结果，邓强以为他会像葛亮那样说题出错了，没想到他更坦率，直接问邓强答案是多少。邓强忙翻书后页，找了半天也不见答案踪影，于是随便胡扯了个结果告诉老钟。老钟听后又慢慢俯下身子去研究，没一会儿的工夫，老钟恍然大悟道：“对，没错！就是这个结果，我算着也是，答案没错。”邓强听得瞠目结舌，好半天没回过神来，暗自佩服老钟真乃旷世奇师，其教书育人能力简直能让满天下桃李都不孕不育。

老钟的形象在邓强心里一烂再烂，在众学生心里的人气更像是崩了盘的股票，瞬间跌到谷底，名字也由钟老又重新跌回了老钟，真的是“跌”不单行。

听子母雷课的人越来越少，生物课成了学生们公然的午休时间。台上讲课，台下权当是收音机在播天气预报。

有一次训导主任经过，在后窗户窥到一教室学生都趴在桌上，以为是集体中毒，捂住鼻子就冲进了班级，撞门声把众生齐齐惊醒。训导主任见个个都精神抖擞，难堪得无法下台，最后见无处撒气，便把子母雷拎到训导处泻火。

子母雷这两日为了挽回听课率，决定在学生最感兴趣的“生殖和发育”这一章加大力度。本来只几天的课，子母雷不惜花时间讲了两周。课愈讲愈详细，恨不能把每个字都抠下来解剖，男生听得忘了记笔记；女生害羞地低着头，用头发遮住脸，却也听得仔细，生怕会漏了一个字。

子母雷见自己魅力无限，终于成了课堂上的主角，大悦。

其余的课照旧。

葛亮对学习也没了兴趣，好在还有苏晓亚，他才不至于对整个世界绝望。邓强就没有葛亮那么命好，没了希望只能睡觉。晚上忧心学业致彻夜难眠，白天就借睡消愁，整日过得浑噩难熬，像是被判了无期徒刑的犯人，只能扒着铁窗幻想着光明。邓强似乎比这个犯人要前卫一些，他常常在梦里幻想，做着白日美梦。这样的日子不断地延续，过得邓强连做梦都没了兴趣，哀怨忧伤之下开始大发感慨，狂骂高考制度：

高考
我们曾信誓旦旦
考完
我们也向往无限
分数一见，炊沙作饭
下笔千言，离题甚远
子曰诗云，东扯西侃
读书万卷，却换得个名落孙山
呜呼！下半年补习班再见

邓强这两日因课上睡觉着了凉，鼻涕源源不绝，如排山倒海袭来，找老钟请假却终不见人，听说这次是顶替政教主任外出学习去了。估计老钟领了个美差，高兴得连跟学生告别都忘了。于是邓强作小诗一首并题于数学课本扉页，以表对老钟的思念：

鼻涕肆意流
钟声亦迟迟
不知伊还健在否
一样的山重水复
也是一样的无路
奈何总在此时想起你
伊那张可爱的、神似感冒胶囊的脸

自娱一番后，邓强感觉鼻子通气了不少。可见，有时候快乐也不只是仅限于建立在别人的痛苦上，思想上的鞭挞也不失为一种创造快乐的方式。

峥嵘连续讲了两个星期李白的诗，不知疲倦。再好的浪漫主义情怀也禁不住这么天天折腾，众生都已心生厌烦，特别是对李不理这种欣赏能力强的“大诗人”来说，峥嵘的课简直就是折磨。峥嵘大概也感觉到整日讲政治抱负太过枯燥，于是特意从李白的浩瀚诗海中选拔了两首感情细腻的诗歌来调动学生的积极性，其中一首是李白的《长相思》：

美人在时花满堂，美人去后空余床。
床中绣被卷不寝，至今三载犹闻香。
香亦竟不灭，人亦竟不来。
相思黄叶落，白露点青苔。

读完诗后，峥嵘禁不住向教室上空嗅了嗅那传说中的美人香。不料一阵汗酸味扑面袭来，熏得峥嵘再也不敢打那美人的主意。

堂下的学生听着酸，闻着更酸。这教室密封得像个发酵池，好容易能出点儿汗又都被大家无私地再利用了，想不酸都没办法。

峥嵘选《长相思》的时候就深深地爱上了它，于是对之视如己出，一顿猛吹道："这首诗堪称是写'思'之最，绝非同类诗词可与之媲美的，我可以毫不夸张地说，这首诗不仅能在诗潮喷涌的唐宋两代站得稳脚，而且在中华五千年灿烂的文化史上也是熠熠生辉的。"

堂下的听众都被这个"五千年"给唬住了，听后唏嘘不已。有的学生还见风使舵，狂拍峥嵘博闻强识的马屁。峥嵘禁不住大喜。

李不理力排众议，站起来驳斥峥嵘的观点。众生还没从那五千年悠长岁月中走出来，一下又被李不理拖入了历史的转折点。

邓强深深被李不理这种挑战权威的勇气所折服，他仿佛看到了希望，璀璨的一颗新星——李不理正在冉冉升起，于是决定在精神上默默地支持李不理。

葛亮保持中立，不支持谁也不反对谁，开心地看两个诗篓子打架。

峥嵘脸憋得通红，强装大度道："你倒说说你的想法？"

李不理如拦截已久的洪水，泄洪闸一开便泛滥不已："我认为被誉为‘词中之帝’的李煜，其诗词所表达的情愫更华美些，李白的诗主要都是对山水自然的眷恋，或对政治抱负的抒怀，而李煜的词表露出来的更多才是对情感的执着和迷醉。况且他也写过一首《长相思》，情感的表达方面毫不逊于李白，甚至还要高出他一筹。”李不理大声背诵起了李煜的《长相思》：

一重山，两重山
山远天高烟水寒
相思枫叶丹

菊花开，菊花残
塞雁高飞人未还
一帘风月闲

李不理说完，全场哑然，都佩服不已。邓强自愧连“长相思”这三个字都是今天第一次听说，而且本以为李煜这辈子只写过一首词，就是必修课本里那首《虞美人》，没料到这小子还真有两把刷子，竟还藏了一首《长相思》。其实李不理原本也不知道此词，以前翻课外书时无意间看到了，觉得词句挺优美，就背了下来，图的是以资炫耀，但因久无用武之地都快淡忘了，哪知今天会派上这大用场，于是他靠着残存的记忆碎片又把原来的注解给拼了一遍，道：“一重、两重，说明山远天高均在这重重的阻隔中。诗人用浩淼的烟波来表相思之煎熬，丹红枫叶来表相思之浓。花开花残一年又一年过去，表达对所思之人的怨念与期盼。一片痴心，可昭日月啊！”

李不理一阵高论后，威震八荒，众生全部拜倒在李不理的八荒之下，即便没听懂他说的是啥。

李不理也吃惊，没想到一顿乱扯，竟收到如此非凡的效果。依此推论，可见得如今被定义成权威的东西，多半都是在乱胡诌，评论家们把自己弄不懂的都定义成好的，看得懂的就评为肤浅，而这类不懂装懂的人还惯于被说成是“有品”。

峥嵘又急又妒，可恨自己知识太贫乏，连李煜和李白所在的朝代都经常排乱，本以为只有李白一个人写过“长相思”，哪想会被李煜这小子给钻了空子。谁是谁二大爷都分不清，更别说分出两个《长相思》哪个更牛叉了。一时尴尬之情难以遮掩，只好机械地干笑。

李不理没出够风头，于是接着视李煜为己出，赞道：“其实这只不过是李煜词海里的一点星星之火，他的很多词都堪称绝唱，就比如说那首《菩萨蛮》，描绘得惹人迷醉，真乃情诗中的极品。”

峥嵘怪自己孤陋，根本都不知道“菩萨蛮”是啥，此时更是无语，课堂一下成了李不理的地盘，自己倒无权发话了。此时既不好对李不理直接扼杀，又不情愿脱口赞美，于是陷入了两难，像是卡了壳的三八大盖儿，彻底没了威力，好比废铁一堆。

幸好下课铃声及时响起，这个铃声如同是叫猪去吃饭的号角，打得峥嵘怡情悦性，如释千斤重负。

峥嵘回去之后就借了本诗词鉴赏的书找《菩萨蛮》，没想到还真有，峥嵘翻出一首《菩萨蛮》：

花明月暗笼轻雾，
今宵好向郎边去。
刬袜步香阶，
手提金缕鞋。

画堂南畔见，
一向偎人颤。
奴为出来难，
教郎恣意怜。

峥嵘读了两遍也没读懂啥意思，一看注解，不由大惊。原来这首词写的是情人偷偷幽会的场面，真是有伤大雅，再往下看，更是惊得直跺脚。李煜这家伙竟把背着老婆与别的女子私会这等艳事写了出来，更令峥嵘愤慨的是这女子竟还和他老婆是对姊妹花，真是伤风败俗！有悖伦理！峥嵘恨不得现在就把李不理揪出来狠批一顿。他又翻出一首《菩萨蛮》：

铜簧韵脆锵寒竹，
新声慢奏移纤玉。
眼色暗相钩，
秋波横欲流。

雨云深绣户，
未便谐衷素。
宴罢又成空，
魂迷春梦中。

峥嵘看一句叹一口气，看完最后两句，几乎要断了气：这首词竟将泡妞之事写得如此露骨，真是登不得大雅之堂啊！

第二天一上课峥嵘就把李不理一顿批斗，把李煜的轶事统统曝光兼抹杀，并说李不理不看正诗，尽看艳诗，迟早要变坏。滔滔不绝的半节课下来驳得李不理无法插言自辩，只能暗自叫屈。

近日风波不断，走在爱情线上的人也死伤一片。葛亮和苏晓亚终于走到了尽头，就好比食品还没出厂就过了保质期，直让人徒生感叹：“问世间情为何物，都只是笨蛋爱笨蛋。”

原来苏晓亚移情别恋，看上了邻班一个叫史料的。她前脚刚从葛亮这条河里趟出来，后脚就踏入另一条河，看来她已抱定了“不淹死不罢休”的决心了。

史料长得就挺历史，据说他爸是诸子百家的混血儿，名叫史记。这个杂牌货的名气听着可比老葛的孔门弟子后裔猛多了，上下几千年把春秋都覆盖了。苏晓亚转而又拜倒在了司马迁的笔下。

没几天，苏晓亚把葛亮给她的东西都打包送了回来，看来是誓要将葛亮从自己的世界里彻底删除。后来才知道，原来是苏晓亚那又有新货到了。史料送了一大堆玩具给苏晓亚，苏晓亚见东西太多，得先清一下仓，免得旧货占地方，才把葛亮送的东西给退了回来。

葛亮置身如此尴尬的境地，盛怒之下，把苏晓亚还回来的东西都甩在了地上。随着“呼嗞”的声响，葛亮仿佛听到自己心裂开的声音，裂开的一瞬间，自己又重新回到了光棍的世界，往事一点一滴都带着仇恨，默默地吞噬着自己。毕竟是被踹，而不是互踹，他觉得脸好像被丢到了西海岸，捡回来实在困难。

平静之后，葛亮大彻大悟："谁是谁的日不落？谁是谁的避风港？都他妈是公交车站，以后指不定会出现在谁家户口本上呢！"他终于认识到爱情好比一场职业篮球赛，自己充其量是打了一场热身赛，而且还是替补出场，相信在不久的将来，自己定会从一名冷板凳球员升级为一名先发队员。这么一想，他顿时轻松了许多。

邓强见葛亮的初恋悲剧得一出生就夭折了，禁不住在心里激动地大呼："江山如画，满世界都是灯火阑珊处呐！分吧，能分几对是几对。分得痛快，太痛快了！"他瞥见地上的杂货堆里躺着个闹钟，外壳是一个乌鸦形状，甚是可爱，自己眼下正缺这个东西。对他来说，葛亮和苏晓亚好比是及时雨，还意外分了个闹钟给自己。邓强准备废物回收，拾起那个乌鸦爱不释手。

葛亮正在难过，见邓强满脸欣喜之色，顿感不平衡，于是又忙跟邓强把那乌鸦给讨了回去。邓强在心里狂骂葛亮小气，于是把言词都灌上火药，挤兑道："我听说史料他爸可厉害了，对《春秋》了解得特详细，整天当家谱似的背。而且文学成就也特大，还是市教育局的人呢！"邓强自信这句话威力不小，葛亮不被炸个一级残废，也得弄个零件丢失，四肢不全。

没料到，葛亮是开着装甲车来的，普通攻击根本对其造不成一点儿伤害，反而把邓强的话加上了核弹头，对邓强反击道："屁个成就，还诸子百家的混血儿！他咋不说他是上下五千年的后人呢？尽他妈瞎吹。教育局的有啥了不起的，有关系一头驴都能进去。”

葛亮一句话就把教育局变成了驴圈，邓强没能讨到便宜，于是改用人身攻击道：“你看人家史料长的哈，那叫个精神。从头到脚一气呵成，那叫个匀称——”

还没等邓强说完，葛亮就轻蔑道：“合着他是一气呵成出来的，我就是补考过来的呀？”

邓强感叹葛亮真是无坚不摧，看来今天自己是打不成胜仗了，于是便低头不语，专心听葛亮发牢骚。

“姓史的那个真他妈便宜，不看看自己啥货色，也敢出来献丑，我要是他那样早就找根头发把自己勒死在墙角了，哪还有脸给人民丢份。你看着吧！他们两个是不会有好结果的。”

骂完史料，葛亮又剑指苏晓亚。

“姓苏的也不是什么好东西，就她那眼光也只配忽悠忽悠史料那样的，还真是王八绿豆，对上眼了。其实姓苏的最矫情了，肚子跟一仓库似的，咋喂都喂不饱，吃掉我多少钱啊！薄情寡义，还学上陈世美了，她就一女陈世美。”

邓强在心里恣意地笑，疯狂地大笑：原来爱情竟然是这样的：我爱你的时候，即便你是垃圾桶我也视你为百宝箱；不爱你的时候即便你是豪华别墅，在我眼里也不过是茅房一间。

葛亮骂完后总结了一下中心思想，道：“女人都是骗子，没一个好东西。”

葛亮骂完后觉得空落落的，毕竟自己被蹬了，这个打击确实不算小。他没精打采地对邓强道：“今晚通宵去吧！反正也是周六。”

邓强可不想陪葛亮一块儿堕落，于是道：“我得好好复习了，迎接最后一次模拟考。再说还有好多作业没完成，哪里有时间？”

葛亮开始想实话实说“你再复习也就那样了”，但一想到有求于他，于是改口道：“我请你。”

邓强的意志力防线顿时崩溃，他两眼发光地问：“真的？”

葛亮：“当然。”

邓强：“走。”

二人出校门后，葛亮要拉邓强去鹤顶红吃上一餐，补充下体力。邓强怀疑葛亮这小子是存心不让自己过安生了，上次吃那顿就差点儿把胃给搭上，这次说不定就把哪个零件给报废了，于是连连推却。

葛亮以为这小子又是心疼钱，赶紧道：“我付钱。”

邓强在心里道：“你付钱，我就得付命。”几经争执，最终决定在鹤顶红旁边的一个小餐馆里吃。葛亮兴致大起，非要来两瓶啤酒解忧，邓强也没阻止，反正有人报销。

菜还没上齐，葛亮就豪饮数杯，后来觉得用杯子喝不过瘾，干脆直接对着瓶子吹。邓强只是跟着小饮两杯，装装样子，见葛亮瓶子已见底，也拍桌子道：“服务员，再来两瓶。”他决定舍命陪财主，反正不是自己出钱，就是再来一箱也无所谓。

葛亮又启开一瓶，捏了一粒花生米吃后，又喝掉了半瓶，喝完后不断喘着粗气，两颊绯红。看来葛亮真是伤得不轻，他喝得这么急，好像是想把自己呛死。

葛亮喝完后，直勾勾地盯着空瓶子，半天不说话，一般这种情况都是倾诉的前兆。邓强小饮一口，等葛亮发表感慨。过了十几秒，葛亮终于开了口，:“问世间情为何物，直——”

没等葛亮说完，邓强就把一口酒全喷了出来，那盘西红柿炒鸡蛋也给滋润了一遍。邓强道:“怎么失恋了的都只会说这一句话，土不土？能换句不？”

葛亮沉吟片刻道:“出师未捷身先死，常使英雄泪满襟。”

邓强附和道:“好诗，好诗。果然不愧是诸葛亮，把爱情形容得如此真切，看来他也被蹬过。”

葛亮略带醉意，蔑视道:“尽胡说，这诗是杜甫写的。人家诸葛亮不写情诗，他写的都是报国和闲居的诗，最有名的一句是——，是什么来着？”葛亮拍拍头，忽然道:“对，稻花香里说丰年，听取蛙声一片。”

邓强道:“我记得这句话是屈原《离骚》里的句子吧！”

葛亮:“得得得，你就吹吧！你见过《离骚》嘛！”一顿乱侃之后，二人陷入了沉默。还是葛亮先打破沉默，醉言道:“你说什么是爱情？”

邓强吃口菜，想了一会儿说:“爱情就是——，怎么说呢？就比方说吧，有一男一女这么两个人，一方欺骗了另一方叫耍混蛋；那如果双方是互相欺骗，这就是爱情。”

葛亮听后赞叹不已，直怪自己没有这么深的道行，于是佩服道:“高见、高见。来，走一个。”

几轮下来，邓强微晕。见葛亮难受的样子，自己的心里面也漫过阵阵失落：葛亮还有失落的权利，自己却连痛苦都没有资格。如果能爱过，即便是受伤也值得。想到这儿邓强又喝了一大口酒，此时脑海中浮现出一句诗：“为君沉醉又何妨。只怕酒醒时候，断人肠。”谁写的根本记不得了。邓强刚有了点沉醉的勇气，一看酒没了，刚要拍桌子，葛亮先道：“走吧！不早了。”邓强一听付账的都发话了，自己不便反对，于是坐在椅子上静静等葛亮履行诺言。葛亮瞧瞧邓强后，眼神忽然变得迷离了许多，刚一抬腿就“扑腾”一屁股坐到了地上。邓强担心他这一卧倒就起不来，没人结账，忙过去搀扶。果然，葛亮一坐到地上就不想起来，口齿也不利索了。邓的心瞬间就凉了半截，他用力摇晃着葛亮，希望能唤醒他。

葛亮早已沉醉不知归路，连东西南北都不分了。邓强试着找出破绽，证明葛亮是为了躲账才装醉，可努力了半天也没看出端倪。邓强断定葛亮是真醉了，便替他去付了账，等回去了再索讨。

山了餐馆， 阵凉风袭来熄灭了邓强心中的燥热。邓强拖着葛亮往学校走，迷离中的葛亮意识到方向有误，抬头问邓强：“去哪？不是说去通宵吗？”

邓强：“都喝这样了，还通个屁，回校睡觉去。”

葛亮立马挣脱邓强怀抱，显得精神十足道：“没醉，真的！”

邓强惊讶地看着他，对自己的判断力产生了怀疑。葛亮见穿了帮，顿时又迷离了不少，实说道：“走吧，反正都出来了，咱高考前最后一次通宵，走。”

邓强为确保网费的安全，支支吾吾地含糊其辞。果然，葛亮诱惑说：“网费我报了。”邓强一咬牙，佯装下了很大决心的样子，和葛亮一起向网吧走去。

邓强“失恋”了

二人路过广场，见一群老头老太在扭秧歌，虽说扭动的动作都挺单一，而且又像极了跳大神，但这种欢乐的气氛还是深深地感染了邓强。

邓强回头找葛亮，却不见了他的踪影。侧头方发现原来葛亮已混进了队伍，正兴致勃勃地跟着秧歌队瞎扭，姿势像是抽风。邓强笑着奔过去，拉着葛亮就走。

葛亮建议去大学城附近上网，说那儿便宜。邓强在心里不住地埋怨葛亮小气，为省俩钱儿还多跑好几公里。

二人坐公交车赶到网吧已是夜里十点钟，网吧里乌烟瘴气，混着汗臭、脚臭，熏得邓强跟葛亮强烈呼吁要求换家网吧。葛亮却说只有这家最便宜，说着就落座，邓强只得放弃了对空气质量的要求。

葛亮进去后就玩射击类游戏，见着男的就当是史料，见着女的就当是苏晓亚，总之，男女通杀。

邓强暂时还没有仇人，不恋血腥，只在那随便浏览网页。忽见网页的角落有一美女图片，那美女正在向自己招手。邓强没忍住诱惑，用鼠标点了一下，谁料这一点惊天动地。“噼里啪啦”弹出了十几个网页，都是关于治疗阳痿早泄的。邓强向四周瞄了瞄见没人注意自己，赶紧关网页，累了好半天才关完，这下他再也不敢乱点美女图片了。

葛亮还在找复仇快感，杀得昏天黑地。邓强避开杀戮，只顾听音乐。偶然听到了一首歌叫《如果爱能早点说出来》，禁不住伤怀。邓强想：“爱情是多么飘渺的一个词，像浮云流水般难以把握，一旦相互错过了就永远不会再相遇，如果爱能早些说出来，或许还有一次幸福的机会。不奢求那童话般的誓言，只求心里的一次无憾。”音乐一遍又一遍地响起：

如果爱能早点说出来
你能否和我恋爱
如果我能早点说出来
你也许为我留下来
如果爱能早点说出来
心也就不再悲哀
如果我能早点对你说出来
这遗憾将不存在
却不能重来……

轰轰的音乐声让邓强觉得整个世界好像都要崩塌了。“歌”壮怂人胆，邓强此刻狠下决心，回去就向林絮表白，只为不留下遗憾。决心已定，邓强信心满满地换了一首志愿军军歌鼓舞士气。歌还没听一半，网管通知说这两天公安局查得紧，不让通宵。网友全体哗然，骂网管不早点通知。

出了网吧门后，邓强不停地责备葛亮，为省几个钱流落街头，现在这么晚了连学校也回不了。

葛亮转移责任，直骂网管坑人，抱怨完还送上自己的美好祝愿："这样的网吧早晚得被人封了。"

正在俩人嘀咕之际，有一中年男子上前搭讪。二人立刻提高警惕，以防是来打劫的。

中年男子身材瘦小，脸部少肉，身板微驼，整体外形神像个电话听筒。"听筒"狡黠地笑道："小兄弟，上网吗？去我那便宜。网速没得说，跟光速似的，快着呢。"

邓强警觉地回道："我们不上网，我们回家。"

"听筒"勾勾嘴角，得意地说："我刚才看到你们是被赶出来的，最近上边查得严，哪儿都不让通宵，就我那儿不在服务区，实话跟你说吧，"说到这"听筒"故意压低声音，"公安局里有我亲戚，保证不会出事儿。"

葛亮寻思既然公安局里有人，这网吧应该安全。于是问道："那要多少钱？"

"听筒"："本来要二十的，看两位小兄弟这么爽快，一口价十五。我亏就亏点儿吧！就当交个朋友了。"

葛亮见"听筒"如此豪爽，便也豪爽道："走，朋友。"邓强想拉都拉不住，只好跟去。

"听筒"的网吧还真够隐蔽，转了山路十八弯，越了无数道门槛才到。进去后更让两人大跌眼镜，这"网吧"一共只有六台机器，还包括一台已经瘫痪了的。

邓强低声对葛亮道：“就这两台破机子，也太对不住公安局里那亲戚了，都不值得让人当回卧底。”葛亮头顶也直冒冷气，自己是误入传说中的黑网吧了！如今是骑虎难下，退不了了，只能硬着头皮上。

“听筒”打开一盏灯，灯光还不如萤火虫亮。借着灯光，邓强才发现连把椅子都没有。“听筒”给拿了两个小木墩，道：“挤一挤，凑合凑合，呵呵。”

邓强暗想：收钱那会儿你怎么不凑合凑合？葛亮自从来了之后再也找不到屠杀的乐趣了，那电脑连听音乐都十分困难，一首歌要被切割成好几部分才能放全，不光听着累，也替歌手累，几句词要断好几次气，卡得是一塌糊涂。开始俩人以为是电脑没连上网，一问才知道，这就是传说中的“光速”。无奈，两人撂下电脑就开睡，为了小小地报复一下“听筒”，邓强睡的时候也没让电脑闲着，阿Q地开了好几个播放器，好多耗些电。

第二天清晨，两人朦胧中醒来，突然发现不知置身何处，回过神来才意识到在黑网吧。两人脸上都泛着油光，头发蓬乱得像个流浪者。邓强浑身酸痛，像是刚从老虎凳上被卸下来。葛亮为自己那三十块钱喊冤，连个梦都没买来，临走时狠踢了那两只小木墩两脚以解心头之恨。

两人上了公交车后都疲惫得不行，为了防止一会儿上来个老头或老太太还得让座位，他俩直接坐到最后一排。葛亮坐在后排中间的位置，感觉自己眼睛直冒蓝光，被蹬的郁闷早就和网络游戏里的男女主角一起被歼灭了，坐下之后就倚在靠背上小憩解乏。邓强闭上眼拼命追忆昨晚的那个决定，在心里不停地嘀咕这个决定到底还算不算数。他灵魂出窍地预想表白后可能出现的情况,刚幻想到俩人拥抱在一起,公交车一个急刹车,把他美妙的幻想冲得七零八落。邓强应对不及,差点儿把头撞破,幸好及时抱住了前面的座椅。葛亮就比较惨烈,他的座位前面无依无靠,刹车后整个人像是出了膛的炮弹,连滚带爬一直滚到车中间才把自己定住。

葛亮慢慢从地上爬起来,硬着脸往回走,一车人想笑又不敢笑,都在努力憋着。邓强自制力差,感觉憋笑太折磨脸,于是开始肆意大笑,一车人也跟着笑成了一片。

葛亮难堪得红了脸,低头不语。憋了满肚子的火又不敢发泄,生怕骂出一句就会招来群殴,只好把气撒在认识的人身上。葛亮一瞪眼,邓强也笑不出来了,两人一起沉默。这种状态让邓强错误地觉得,刚才摔出去的好像也有自己似的。

下了车后,葛亮双腿失控,见马路就要穿。邓强赶忙拉住道:“还是去找斑马线走吧！撞死了还能多赔些钱。”

葛亮一听,顿时眼睛瞪得像铃铛,大骂邓强乌鸦嘴。

回校之后两人睡了一天,周末就这么糊里糊涂地过去了。

晚上邓强跟葛亮索要饭费,葛亮拒不承认有这一档子事。邓强没想到葛亮赖债的功夫如此绝后,估计连孙芊一都得自叹弗如。看来如今601寝室的各路人马都练就了绝世武功,一边杀人于无形,一边自己还铜墙铁壁。邓强感慨:“合着一屋子人都是精灵,就我一人傻帽是吧！”邓强一边埋怨,一边拿“钱财乃身外之物”这话来宽慰自己。

邓强开始疯狂翻书找诗,他想用惊世骇俗的情书打动林絮。

无奈现在手头资料有限，诗多半都是写失恋的，偶有两首写热恋的又太露骨，筛选了几遍，觉得郑愁予的一首《赋别》最具文学意味。

这次我离开你，
是风，
是雨，
是夜晚，
你笑了笑，
我摆一摆手，
一条寂寞的路便展向两头了。

虽然这首诗写的是恋人的告别，邓强还没有资格体验，但他又不忍就此舍弃，于是决定征用诗词的大致框架，局部进行了修改：

这次我遇见你，
是风，
是雨，
是夜晚，
你笑了笑，
我挥一挥手，
两条寂寞的路终于走到了一起。

邓强自感修改后韵味十足，比三变兄的“千种风情”还得多出一情。他甚至觉得要是在柳三变时代，自己的诗估计得迷死一大片佳人，她们想要衣带渐宽终不悔都得排队。

邓强没有写情书的经验，只好依据话题作文的模式硬套，把这首诗作为题记，写完题记，正文却又开始打结。看来要写出具有杀伤力的情书着实不容易，还是要参照前人的成果。

追求林絮，邓强自知做不到梁实秋那样写上几千封情书，他决定从质量入手。但他也不敢像徐志摩写给陆小曼的情书那样，开头就是“我的肝肠寸寸的断了”，他怕林絮会以为自己的肠子坏掉了。他也不敢像军事天才拿破仑那样，开始就是“我不爱你，一点也不；相反，我讨厌你——你是个淘气、腼腆、愚蠢的姑娘”，他怕林絮会误以为自己是神经病。千挑万选后他觉得郁达夫写给王映霞的情书中那几句壮丽的排比“我的爱是无条件的，是可以牺牲一切的，是如猛火电光，非烧尽社会，烧尽自己不可的”还是值得效仿的。

将要熟悉的林絮同学：

遥远、遥远、遥远地望着你，你还是那么遥远。走进、走进、走进你的世界，却又那么艰难。你是贝多芬演奏时遗漏的一个音符，用你跳跃的生命舞动着我的思念，让我忧伤、哀怨；你是福利彩票里的巨奖五百万，虽然还没中，但我依然幻想无限；你是帝国主义轰炸机投下的炸弹，轰炸着我的每一寸土地，让我瞬间失守。

当我遇见你，我就喜欢上了你。走！能跟我一起走吗？让我们共同走过青涩的花季、雨季。任流年似水，我愿化作一叶小舟，载着我的寂寞你的忧愁，划向快乐的彼岸。如果你拒绝了我，请别为我担心，我会选择沉寂，努力把你忘记，可是又叫我如何不想你。给我点儿勇气，别轻易地让所有都成为回忆。如果这注定是个残酷的结局，我选择远离，关于你，是我最珍惜的秘密，请给我个机会让我喜欢你。

邓　强

补习（二）班

盼复（内附照片一张以供参考）

邓强开头还想着模仿郁达夫，不料中途出轨，把五百万和炸弹都写进去了，他读了两遍，自己都被感动了，只恨现在还在补习备考，不然非得发到婚介所征婚去。

周一下午吃过晚饭，邓强守在去饭堂的那条必经之路上等待林絮。准备好的两句话在心里练习得都快生根发芽了，还是怕说错。两条腿像在抽筋，抖个不停。邓强深呼吸几次都没有效果，反而加速了心跳，最后抱定了必死的心，把脸豁出去了，总算镇定不少。等了许久，却始终不见林絮。邓强失望地朝饭堂走去，却在门口撞见了林絮，就在这短暂的几秒钟间，邓强失去了表白的冲动。

林絮和一瘦高的男生紧挨着走了出来。那男生长得跟史家父子是一个风格，都是编年体的。

邓强心酸得差点儿流眼泪，他下意识地把那封揉搓已久的情书往兜里塞了塞，想自己真够可怜，这恋爱还没开始就结束了。那情书也够命苦，还没见到女主角就直接投胎下一轮回了。

晚自习时，邓强、葛亮都陷入了沉闷，邓强相对还好些，起码所思之人不在同一个教室，也就不用瞅着别人的女朋友伤怀。邓强总算真正体会了什么是初恋，即便它是无疾而终，但也一样有痛有忧伤有兴奋又夹杂着莫名的欢喜，让人心碎而又心驰。邓强终于明白，其实自己根本不懂爱情，自己把对林絮的好感当成了喜欢，当走近时陡然发现，原来林絮只适合远观。

邓强携着满腔的遗憾，转而假装去复习功课。

短暂的忧郁之后，迎来了最后一次模拟考试，紧张的气氛把所有考试之外的东西都贴上了封条，单调得能让人窒息。邓强在考试方面的失败经验堪称五车有余，他表面上装得泰然自若，心里却似刀山火海般煎熬。书看着看着自己就跑了行，再寻，早已是云深不知处。注意力始终不能集中，最后只好抓住一道题死磕，狠狠地盯住题目不放，以防跑掉，看着也挺像那么回事的。

葛亮完全被同桌的淡定所迷惑，一时阵脚大乱。翻翻数学又觉得物理不行，看看生物又担心化学不过关，最后全乱了套，看哪门都不是，只好把五门功课的卷子都抬了出来，兼顾着研究。

邓强知道复习就像统一天下，没有哪个诸侯国能一口吞并五国的，逐一蚕食才是上策。他见葛亮如此慌乱，顿时又笃定了不少，看书不跑行了，做题也有劲儿了。手忙脚乱、不知如何下手复习的葛亮简直成了邓强的陪读。

刚考过两门，邓强就麻木了。出了数学的考场后，几个实力派的同学在班里对答案，邓强也凑过去对，结果没有几个一样的，又受一伤。无奈，只好昧着良心安慰自己道："他们都错了。"

受前一门影响，考理科综合时邓强紧张过度，把答题卡都涂错了。找监考老师换，监考老师奚落道：“这样的学生干不成大事，心理素质忒差。”

邓强为了证明自己也是干大事的人，把第二张答题卡也给涂错了。这回那监考老师也无语了，阴着脸瞅邓强，然后道：“最后一张了，涂错就别考了。”邓强朝老师眨巴眨巴眼睛，默不作声地坐了回去。

考最后一门英语时，心理上倒是不紧张，可小便又开始紧张了，憋得邓强好不难受，统一天下的雄心全让这点儿尿给糟蹋了。他在座位上挪个不停，希望借以缓冲一下。监考老师则死死盯住邓强不放，以为是这小子要作弊。

邓强为了证明自己的清白，让老师知道自己是生理上出了问题而不是心理问题，匆忙地交卷走人。

监考老师依依不舍，目送邓强出门。

邓强一时觉得这眼光真是温和可人，差点儿忍不住重回教室，美中不足的是那老师眼睛上架的那副高架桥，彻底破坏了整体的协调美，就像是给炮楼上装了尊雕塑，让邓强小失了一望。

如厕后，邓强突然觉得原来厕所竟是如此美妙，以前没被憋急时竟没发现。

成绩下来之后，邓强四门都穷得叮当响，连及格都成了梦想。葛亮也是分数穷得响叮当。两个人把总分都加起来才勉强凑够 750 分。

601 寝室除李不理分数独上高楼外，其余人都止步于楼下，于是一致栽赃李不理是抄的。

眼看高考在即，为了抓紧复习，吃饭时间被压缩了一半，大部分同学都改在教室里用膳，一边看书一边吃，补习二班几乎成了饼店，时不时会飘出菜饼味儿。

晚上李不理打手电开夜车，其余几位没有手电，只好干着急，都在心里默默祈祷他的电池赶快没电，或者宿管老师快来把手电没收掉。

葛亮市场嗅觉灵敏，周末以造福大家的名义购进了一批小型手电筒，结果却以双倍价格出售，骗了不少不义之财。不料有一回找钱时，葛亮失手多找了买家五十，仅此一遭就亏得血本无归。邓强为此乐了好几天。

本来熬夜是邓强的专长，但不幸邓强晕书，一见到课本头就发昏，一道题还没看完就睡过去了，只留了一束手电光在外面告诉众人：我邓强仍在不懈地努力呢。

葛亮日夜彻底颠倒，白天睡得不可开交，晚上就通宵达旦，光电池钱就花了好几十块。

起床、学习、开夜车周而复始，压抑得同学们的精神几乎瘫痪。邓强辛苦建立的心理防线在这种气氛的感染下快崩溃了，好在班上有个女生先邓强一步倒下了，那女生成绩在班级屡屡位列前茅，不幸没顶住压力，住进了医院。邓强想到芸芸众考生之中又少了个竞争对手，顿时镇定了不少。

坎坷奔前程

转眼，五月即将过去，寒窗十几载的学子终于要踏上生死线了。校园广播里重复地放着《毕业生》这首歌：

蝉声中　那南风吹来
校园里　凤凰花又开
无限的悲情充满心怀
心难舍　师恩深如海
回忆当年　离乡背井
深夜里梦回旧家园
游子的热泪沾湿枕畔
最难忘　父母的慈颜

还记得　那阳光遍地
也记得　寒风又苦雨
无论是快乐失意的日子
最温暖　美好的友谊
祝福声中　默默回忆

琴声中　骊歌正悠扬

莫犹豫　也莫在迟疑

好男儿　鹏程千万里

应届生们浩浩荡荡地都忙着照相请吃饭，补习班却如一潭死水，不敢再出去献丑——毕竟都是毕业过一次的人了，若再气势磅礴地走一遭，怕是连脸也不会同意。

补习二班只是简单地举行了个毕业仪式，同学之间相互握手告别，一点儿欢快的气氛都没有。大伙儿只是机械地握，像是两只僵尸在认亲，弄得毕业典礼倒像是葬礼一般。葛亮本想和苏晓亚来个相逢一“握”泯恩仇，不料苏晓亚死守贞操，拒不让葛亮碰其纤纤玉手。葛亮深受其辱，恨不得一头把苏晓亚给撞死在墙角。

想来想去，葛亮觉得两人不能就这么不欢而散，毕竟也曾经有过美好的时光。几经考虑决定修书一封，大致内容就是说：“我们还能不能做朋友？”努力了一节课，五百字告成，他派信使邓强专程送去。

很快，邓强就把回信给带了回来。

葛亮直夸邓强效率高，比中国邮政还牛叉。

邓强谦虚道：“中国邮政残废得都不如古代信鸽快，牛叉个屁！”

苏晓亚的回信言简意赅，就一个字：“滚。”

邓强这才明白为啥会这么快，原来只运了一个字回来，苏晓亚连个标点都没舍得给。他觉得单凭这个字本身这股霸气，最起码也应该配个感叹号，要不然根据这个字本身的含义，滚是个较长的过程，应该加个省略号才对。

葛亮见苏晓亚如此惜墨如金，一腔宽容大度英勇地腐烂在肚中，从此再不念旧情。

领了准考证、毕业证后便放假了。众人都回宿舍收拾东西，邓强继续努力发扬三光政策，把能带走的统统都带走，带不走的拖也要拖走，实在拖也拖不走的就砸了，总之就是不能剩下。课本太重，拿回去不方便，最后全当废纸给卖了，正好够回家的路费。十二年应试教育外加陪嫁的那一年，足有十三年，十几年寒窗能换个路费回来，真是物超所值。

收拾完后邓强准备回家，路过一楼宿管办公室时，见门锁着，顿时勇气飙升，朝门飞起就是两脚，这两脚激起了邓强绵绵无绝期的恨意，转身又补了两脚。正当踹得过瘾，宿管恰从厕所里出来，邓强扛起行李就开溜，连水桶都没顾上拿。

回家备考的几天，老邓像是供奉佛祖一样供着邓强，整天牛奶蛋糕大鱼大荤伺候着，邓强不由感激高考让自己奔上了一回小康。

老邓认为既然牛吃的是草，挤出的是奶，那么喂儿子吃奶，挤出的就没有理由是草，于是开始对儿子展开牛奶攻势，每天都去村里的养牛场给邓强买鲜奶。

高考前一天，邓强连牛奶也喝不下了，双眼迷离，只是机器似的看书，握着笔的手不停地在颤抖，往桌上狠捶了两下，总算是镇住了，原来是麻了。

下午邓强收拾完文具就要赶往学校了，老邓非要陪着邓强一块儿去。邓强怕老爹随行徒增紧张气氛，只好婉言拒之。

晚上一寝室同学集体失眠，邓强只好遮住眼睛强行入睡。第二天两眼圈发黑，神似熊猫。

万事开头难。考语文时邓强就紧张得不行，考场外面有个女生更紧张得连准考证都丢了。

拆发包前，老师特意拿着发包在学生面前展示，证明此包尚有贞操。接下来的事实也确实证明这包确实没被拆过，试卷在牛皮纸袋里难产，两名监考老师拆了半天也没拆开，把一考场考生都急得够呛。最后还是女监考老师英明果断，给发包做了个剖腹产手术，才把试卷取出。

邓强接到卷子后，小心翼翼填涂答题卡，生怕一失手成千古恨。有一位莽撞的仁兄更有创意，拿到卷子后直接把 QQ 号当成准考证号填了上去，一时茫然无措，急得汗流满面。

监考老师得知后直“夸”这位仁兄笨蛋，还拿试卷当电脑玩。一考场的考生见有人如此独具匠心，于是纷纷侧目发去贺电——嘲笑。

邓强刚涂了一半，不敢大意，只好忍住没笑，等他涂完要发贺电时，众人已不笑了，只剩他一张尴尬的笑脸停在半空，又正好迎上了监考老师那张铁脸，瞬间被震慑得没了表情。

下了考场，邓强脑子一片空白，还差点儿误入女厕所。

中午时又赶着磨枪，复习代数几何，直到下午考试脑子还是昏昏沉沉的。

考数学时，前几道选择题做得挺顺利，心里也跟着踏实了不少。填空题小遇挫折，好在还有0和1可以蒙，也就不至于因担心填不满而先乱了阵脚。

当晚邓强又磨枪至深夜，自觉有所收获，因此睡得也较为踏实。但考理综时还是乱了阵脚，做了一会儿物理就被卡住了，转而又去做化学，刚做两道题又被卡住，最后做什么卡什么，彻底没了方向，无奈之下，只好开始蒙。下了考场邓强难掩失落，他估计达三本线都是梦想。

考最后一门时邓强倒放开了，反正前面的都考砸了，再砸上一门更热闹。怀着这样的心绪考完最后一门，邓强的第二次跳龙门之行算是结束了。

考完后，邓强身心放松，在外面玩了一天才回家。到家后被老爹好一顿盘问，邓强一问三不知，用装傻来搪塞。老邓急得差点儿将邓强生吞活剥掉。被逼无奈，邓强只好怒答：“不好，不好。一点儿都不好！”

老邓顿感绝望，心想：“今年的臭豆腐又他妈白炸了。”于是也怒道：“看你不好好学，前两天的牛奶都白给你喝了。明天给我干活去。”

邓强恍然，原来老爹是在心疼牛奶钱。

高考完后，邓强就彻底断了奶，生活也回归到了正常的轨道。这时的他已完全陷入了与城管的斗争之中，卖炸臭豆腐赚钱倒成了他的副业。不知不觉中邓强奔跑的速度也提升了不少，这是自然选择的结果，不提升不行，对方的手段太犀利了，他们嗅觉灵敏得像猎狗，抓人的速度像野豹，邓强实在不敢掉以轻心。

时间飞逝，转眼到了查分之时，前一晚邓强就紧张得彻夜未眠，他始终觉得高考可比城管凶猛多了，且杀人不见血。第二天早上，邓强努力让心跳回归到匀速，依据准考证上印的电话号码，拨通了查询电话。电话那头把报分的声音无限拖长，尽量凝重。

"您的语文成绩是——"

邓强屏住呼吸静静等待，那边却忽然没了声音。邓强以为是电话坏了，刚要敲，忽然那边报道："91。"过了一会儿才报出最后一个字"分"。邓强被这拖死人的声音折磨得受不了，恨不得把那人从听筒里揪出来揍一顿。对方继续报道："数学成绩50……分。"邓强听完数学成绩差点儿昏过去，幸好旁边有墙可以扶着。"理综成绩181……分。""英语成绩122……分。""总成绩444……分，您还要继续——"

这次总分比预想中的要高出许多，特别是英语，简直是出了意外。邓强学了六七年都没及过格，今天竟过了百，这比大炮把自己根据地炸了还奇迹。虽说离去年的二本线还有一些差距，但对于他这一年的努力来说，这些分数已经太多了。邓强赶紧把这个意外报告给老爹，老邓一听总分极不满意，直埋怨邓强考得少，其实老邓早已在心里打算好，只要邓强说出一个数，自己都说少。老邓臭骂道："这么点分以后卖臭豆腐都算不过来账，将来还能有啥出路？"

邓强不知老爹是什么逻辑，刚积累的一点喜悦就被老爹全部斩杀，受辱不轻，不由威胁老爹道："没出路？没出路也不要你操心，不行我就去广东打工，哼！”说完后愤然离去，仿佛真要去广东了。

老邓太了解儿子的能耐了：这么多年都没出过县城，更别说出省，去广东连骑驴还是坐车都不知道，一会儿肯定会被逼回来。

果然，不到半个小时，邓强又蔫着头回来了。

老邓借势挖苦道：“去广东回来了？”

邓强像受了伤的小猫，连叫起来都透着可怜，小声道：“火车站说票卖光了，让明天再去买。”老邓冷笑两声，让邓强自己想想怎么办。邓强也不知何去何从，只希望能有个大学不吝把自己招了就谢天谢地。但一想大学又不像避难所，是个活的都能收下，自己这么点分能去哪？于是又陷入了迷茫。

这时电话响起，邓强迎着失落去拿电话，刚接起那头就喊出：“喂！胡贝贝吧？这次考得挺好啊！去华师大应该不成问题了。”

这声音熟悉得像胡汉三说他又回来了，原来是老钟，难得一回班主任来电话不是请家长到校谈话，却是打错了，邓强突然猛生出一股挫败感。

邓强解释说：“老师，我是邓强，您打错了。”

老钟一阵尴尬，但又不好直接挂掉电话，于是又把这温暖转送给邓强。

“啊？邓——邓强啊！你考多少来着？”

得知邓强的考分后，老钟惊叹道：“吆！这么多，不错，真不错。”

邓强听了这夸奖羞愧得想和老钟同归于尽，他本来要佯装谦虚两句，还没开口，却听老钟道：“这两天去网上搜搜学校，把志愿报了，444 分能学个好专科了。我还得通知其他学生，你要抓紧哦。”邓强本想说声谢谢，但老钟已经挂掉电话马不停蹄地继续送温暖去了。

邓强开始感激这个电话了，因为虽然这温暖送错了门，可着实拉了他一把，让他添了点信心，于是赶紧跑到网吧去搜索学校。中国果然地大，大学多得像牛毛，尤其是大专院校，分布得比公厕还密集，录取分数线大概都差不多，看来上大学是不成问题了，不过究竟要去哪所，还需要斟酌。

半天下来，邓强查得头昏脑胀，也没有结果。邻座的男生也今年高考，查得头上直冒汗，后面的家长看上去更着急，一边不时用手拨男生头一边训斥，“看你可怎么是好，补习了四年才考三百多几分，找个学校都不好找，你考得好还用得着找学校吗？学校都抢着来找你。你说你怎么就不上进？才考那么几分，要换作我，就算一天考零点五分，四年也去清华了。”

邓强在旁吃惊：原来分数可以这个算法！恨这番话没让老爹听到，不然老爹会把这四年花的钱都换成分数来比较。

不过邓强听了这位师兄的情况，突然觉得自己伟大了，444 分足可以傲视群雄了，刚才的自卑一扫而光。他瞅了瞅旁边冒汗的师兄，开心地去找学校了。

那男生家长见孩子像无头苍蝇似的乱飞，点拨道：“这么查下去不是办法，你找的时候先看学校的面积，小的一般都不要去看，这样不就缩小范围了嘛！哎！笨哪！可怎么好！”

邓强也跟着学师兄的方法，一天下来都在比哪个学校大，到头来还是一无所获。

其实填报志愿是最让人头疼的，一般上本科线或重点线的还好选一些，而专科就不大容易了。本来专科的学校就够混杂，再加上开设的专业更是宽泛得不行，大到海陆空运输维修，小到爱护环境不乱扔垃圾，都设有专业，估计刻章印假证、砸墙急开锁也得进校园开专业课了。

最后，邓强选中了一所沿海城市的学校，里面有个城市管理专业还不错，起码毕业出来不用做苦力。回去报告给老爹，老邓坚决反对，说学城市管理以后出来就是个城管，最没出息。老邓是想让儿子继承自家的产业，坚持让邓强学和做生意有关的专业。

邓强坚决反对，拒不学商，两父子争执不下，差点儿反目。

父子俩正相持不下时，正好邓强的一个表叔从外地回来。那表叔本是中专毕业，也算是读书人一个，常年在外打工，小有成就。因行为不检点离婚两次，年岁已近半百却仍是千里独行侠——光棍一条。那表叔听说表侄正在为上大学选专业而发愁，特地马不停蹄赶来献策。

老邓难得大方一回，请表叔去饭店小搓一顿。那表叔在醉意朦胧之际开始大发言论道："选专业这个东西它不是选美，听着牛叉没用，关键它得实用。就那个市场营销那专业，这两年不是挺热门吗？出来后充其量是个卖杂货的，能有啥前途？还有那学计算机的，出来后也就是个小网管，月工资不过八百而已。你再看看我，现在搞汽修，光月薪就三四千块，还不包括年底奖金。我跟你说，你就学汽修这个专业，以后我介绍你来我的厂子，保管你日后飞黄腾达。”表叔讲得有理有据，邓家父子听得心服口服，连连点头表示赞同。

回校之后，邓强为了飞黄腾达，依照表叔的指示报了南方的一所大专院校，去学汽车检测与维修。

不料世事无常，如同白云苍狗般变幻莫测，就在邓强把志愿报上去的第三天，表叔所在的汽修厂便关门大吉了，一大批技工在家待业。邓强大失所望，没想到飞黄腾达的梦想就这么快马一鞭地黄了。

老邓也后悔非常：这表叔不但蒙吃蒙喝，还蒙人家孩子未来，比江湖骗子还可耻。如今事已至此，木已然成舟，儿子的志愿想改是改不过来了，只好认命。

生活继续，依旧平淡。二十多天后，邓强接到学校通知去拿录取通知书。

去学校公交车挤了一车人基本全是学生。大家见了面无非就两个话题：多少分？哪所大学？考得多的自然八面威风，报分数的声音都是雷霆万钧，可恨不能鸣锣开道，让全世界的人都听到。考得少的就没有普天同庆的兴致了，被问多少分时，只是扭捏着含糊其辞或干脆沉默不语。

刚上车的一位仁兄，身材肥硕得羡煞旁人，上车时差点儿让车门框给卡住，费了好半天力气才挪上来，估计那车门框也被拓宽了好几公分。只见他蓬乱着头发，好像是龙卷风刚从脑袋光顾过，气质相当猥琐。那人环顾了一下，踮起脚朝邓强挥手。

邓强努力倒腾了一下记忆，记忆里压根儿就没这号人物，但出于礼貌，邓强还是以微笑回应。那猥琐男像是受了这笑的鼓舞，兴奋地往这边杀来，得天独厚的身材优势引得车两侧的人纷纷闪腰让路，靠近邓强时，那人伸出了右手，邓强本能地要伸手去握，从他身后却伸出一只手，先一步握了上去。

邓强尴尬地转过头，发现身后那人也是相当猥琐，与刚才那位正好相互辉映，俩人凑到一块儿正好拼成个词——猥猥琐琐。两位猥琐男犹如是伯牙子期相见，握完了手又深情拥抱，可恨当下没个破琴，不然抚两下会更动人。猥琐一号对猥琐二号道：“报的哪大学？”

猥琐二号飒爽地答道：“北大。”满车人一闻北大，犹如奶牛见到了斗牛，顿时肃然起敬——如今在现实生活中遇到北大的比遇到恐龙还稀罕，能不起敬嘛！

猥琐一号一下子黯然失色，为了避免被当众追问，赶紧强作镇定地岔开话题道：“今年北大录取分数线应该相当高吧？你考了多少分？”

猥琐二号顿口无言，在猥琐一号的几次追问下才款款道：“不太高，我三百多分就去了。”

猥琐一号大惊，继续追杀道：“三百多分？哪个北大？”

猥琐二号：“北方的一个职业大学，简称北大。”

猥琐二号这么一报，顿失英雄本色，换得一车人嘲笑。邓强也忍俊不禁，差点儿笑哭了——如今简称真是害人不浅，若是把外国的牛津大学简称牛大，在国内指不定会是哪个养牛场。

来到学校，人人手里握着英雄帖——通知书。邓强在教室门口撞见葛亮，葛亮先开口道：“多少分？”

邓强假装谦虚道："不多，才444分。"

葛亮谄笑道："好数字、好数字。"

邓强拿到通知书一看，失望极了，又看了看旁边同学的，失望又升华成了绝望。别人的通知书都足有八开那么大，自己的却精致得可怜，像个户口簿。邓强悲观地估计这家学校连录取通知书都弄得如此寒酸，别的条件也不会体面到哪里去，本以为自己脱离了高中就会拨云见日，不料又是一个阴天，眼前是一片迷茫。他不知道那些在沙漠中旅行的人刚走出塔克拉玛干，突然发现自己又置身于撒哈拉，会不会当场昏过去。

601寝室的人除了邓强以外，人人都壮志得酬。小TWO如旱苗得雨，终于补够了出国的年龄，得以跻身留学生行列，并且有望将马氏企业发扬光大，也算是没白苦这一年。李不理考上了黑龙江的一所二本学校，学的专业是畜牧兽医，日后不愁独创的稳定论无处发表了。孙芊一则去了北京的一所艺校，听说那里广集天下美女，日后孙芊一的人民币不愁没有去处了。葛亮也是如日方升，学的是医药营销，正好呼应了老爹的工作，若日后推个小车在街上卖药就不怕被抓了。

邓强回家把"户口簿"递给老爹，老邓没见过通知书，以为大学通知书都这个样子，拿着"户口簿"爱不释手。

眼看开学的日期渐渐临近，邓强和葛亮商量买火车票的事，他们都得到北京转车，所以还能相互照应着走一程。

到了火车站，邓强终于相信中国有十几亿人口绝不是吹出来的。站在台阶上往下看，一层赶着一层全是脑袋。

邓强选了条最短的队排，葛亮却叫嚣着要不排队去买票。

邓强自认没那魄力，担心会让人给揍回来，只好务实，安心排队。

排了两个多钟头，整个人都头昏脚麻，终于见到了梦寐以求的售票阿姨，果然是头发凌乱，怒气十足。

邓强见这售票员也怪不容易的，整天被圈在这么一个小屋子里，脑神经还得天天跟着车票全国各地跑，火气大点那是自然。因此邓强打算把售票员喊年轻点儿，多赚点好感。

正在思忖之际，葛亮鬼似的钻了出来，把通知书递给邓强，佯装不好意思道："帮我带一张，我没买上。"

邓强想骂葛亮无耻，不费一兵一卒就想窃取革命同志的劳动果实。苦于还要对付售票员，只得先饶了葛亮，继续在心里酝酿，一会儿到底喊售票员姐姐还是阿姨。正嘀咕着，前面的扩音器突然抽了羊癫风，神经质地飙出一句话："后面的，买不买啦？快点！"这句话像是让雷管给炸过，音量增加到了好几千分贝。

邓强被炸得够呛，那个"姐"在嘴里硬是被活生生炸死了，"阿姨"万幸没死，只被炸了个重伤。邓强张嘴"阿"了半天，愣是没喊出姨。只得放弃称呼，直接切入正题道："买两张二十八号到北京的学生票，要硬座。"邓强一口气把话说完，心中大石总算着地。

售票员凝视邓强数秒，然后又拿出炸死人的声音道："你瞎啊！没看到上面写着售动车组车票？"

邓强抬头，一行红色"售动车组票"缓缓驶过，邓强吃惊，刚才电子显示屏还是漆黑的什么都没有，怎么突然冒出一串字来？会不会也和火车一样，刚才进站了，现在才出来？

售票员似乎等得不耐烦了，大声喊道："到底买不买？

抓紧！"

邓强心情立马郁闷起来，看向葛亮，葛亮更是一脸"别问我，我也不知道"的表情。终于他斩钉截铁地问道："不要，太慢了。"

售票员一阵哑然，而后从扩音器里冒出一句："有病！"

邓强装作什么都没听到，继续向售各地火车票的长队走去，重新排队。

俩人排了三个多钟头，队伍还是不见尽头。邓强站得头晕眼花，恍惚间自己好像置身于沙漠之中，见一群傻帽正在沙漠里排队买火车票。正口干舌燥间，邓强突然被一巴掌拍醒了。

他打了一个激灵，定睛一看原来是一陌生男子，脸部奇黑，估计给扔到煤堆里，不呲牙根本找不着人，脑袋像是个雨刮器，不停地左摇右摆用眼睛观察着四周。

"雨刮器"低声道："两位小兄弟要买去哪的票？"

葛亮心直口快道："北京的，排一天队了，还没买上呢！郁闷。"

"雨刮器"兴奋道："巧了，我这儿正好有两张到北京的票，昨天买的。本想去北京谈生意，谁知计划突然有变，要推迟几天。眼瞅这票要砸我手里了。我刚刚去退票，退票处的那人太不礼貌了，我一气之下就走了，票也没退。索性我问问谁上北京，就直接把票半价转售给他得了。"

邓强见有这好事，忙道："嗨！大哥，您也别生气，火车站的人都那样，从小就一副金刚脸，正常。大哥您贵姓？"

"雨刮器"顿了一顿，笑道："小兄弟你真会说笑，鄙人姓方，名向前。”

邓强恍然大悟：怪不得他的头老转来转去的，原来是方向盘，比雨刮器转的角度还大些。他忍住笑对“方向盘”道：“方大哥，半价出售你不就亏了嘛？”

“方向盘”豪迈道：“我行走江湖最看重的就是义气，钱算什么，钱在我心里排倒数第一。”

邓强暗想：“估计在他心里根本就没有倒数第二这个东西，除了钱，就是钱。”

“方向盘”又低声问道：“那这票——你们——？”

葛亮一挥手，比“方向盘”还豪迈地说道：“要，当然要，助人为快乐之本嘛！特别是像你这样重义气的人。有困难我们要帮，没有困难就是制造困难也要帮。”

“方向盘”差点儿被葛亮感动得哭出来，但还没来得及泪如泉涌，手便麻利地从兜里拿出了火车票。

这两张车票面容憔悴，早被蹂躏得不像样子，估计这单薄的身板儿，活不到北京就得暴毙。

二人正迟疑着要不要买时，忽然从四面八方涌出七八个人，十几只手像是通了电，一起发功把“方向盘”给摁在了地上。邓强被吓得六魂无主，他以为是在拍黑社会电影，可找了半天也没找到摄像头的踪影。一会儿工夫，“方向盘”就像是实验室里将要被解剖的青蛙，被几个人按在地上，看不到脸，唯见双腿在不停地抽搐，手腕上又多出了一副明晃晃的手铐。邓强这才如梦方醒：自己遇上卖假票的了。

过了一会儿，几个便衣警察把“方向盘”押出了售票厅，其中一位身材魁梧的大汉走到葛、邓二人跟前，掏出个本本在俩人面前晃了晃，道：“我们是警察，这是个专门卖假票的票贩子，在全国各地流动作案，今天终于被我们擒获了，以后你们买车票千万要到车站的专门售票点，不要中途交易，以防挨骗。”

葛、邓二人听后仍心有余悸，再不敢抱有侥幸心理，都安安心心地排队买票。

晚上七点钟，邓强拖着自己僵硬的身板回到家，一头扎在床上，动也不动，连呼吸都觉得是个负担。他没料到买张火车票会这么困难，弄得跟去买火车似的。直达北京的票倒是买上了，转车的异地票却还要再过几天，对于究竟要过几天，邓强在火车站问了三个售票员，三个人毫不吝啬地给了三个答案，邓强依旧雾水重重，害得邓强在开学前的那段日子里天天光顾火车站，尽忙着排队练向前看齐。连门口的保安都认识邓强了，以为这小子是个小票贩子。

开学前一天，邓强终于买上了第二张火车票。老邓在家给邓强收拾了两大包东西，垒起来比邓强还高。邓强错误地以为自己不是要去上大学，而是要去逃难。最后他决定轻装上阵，经过一轮的筛选，删掉一部分，只剩了一个大包。邓强想要再删掉一部分，老邓坚决不允，说这些东西到那边去买容易受骗，邓强只得作罢。

这一晚，邓强因为要去天安门看毛爷爷，实现儿时的愿望，兴奋得直到半夜才入眠。

北京对葛亮来说，却不陌生。在葛父荣升为城管的第二年，葛父就曾率领全家赶往北京旅游。一家三口光在北京西站就转悠了三个多钟头，回来之后，葛亮逢人便宣扬说北京大，连厕所都是三室一厅的，然后还特豪气地说：“以后要是有谁想上北京西站，就提前告诉我一声，我好带他去观摩观摩。”就好像北京西站是他爹葛洪钟开的似的，骗得一群小山炮一愣一愣的。当然，邓强就是当年那群山炮里的一个。

邓强站在火车站的台阶上，抬头望着湛蓝的天空，天空广阔无垠。他顿时感觉自己好像肩负重大使命，有着要去实现理想的伟大。邓强兴奋得回头想拥抱老爹，情急之下抱住了老葛。

邓强壮志激昂地要去实现理想，可见了那大包的行李，壮志顿时泄尽。想当年李白去实现抱负时，也就是腰间一壶酒，仗剑走天涯，没听说过他还拖着个行李箱四处乱晃的，要是真那样，估计累也累死了。

葛、邓二人各自告别自己老爹后，开始检票进站。葛亮只背着一个小包，步了轻快，如练了草上漂，老埋怨邓强走的慢。邓强费力地拖着行李往候车室走，汗粒止不住往外冒，连葛亮是不是在说话都不知道。

登车时，火车门口的拐角处有一对情侣正在吻别。邓强没注意到，差点儿一头撞上去凑成三人吻别。

进入车厢，空间陡然变小，过道里站的尽是人和箱子。二人闪挤腾挪，总算蹭到了座位。

火车启动后，几个没坐过火车的山货见火车向前行驶，兴奋得手舞足蹈，连邓强都替他们的天真烂漫丢人。其实邓强也是第一次坐火车，但他此时正强行压制着心中的好奇，表面上一派通天晓地之色。因为临来的时候老邓特意嘱咐说，外边的世面大，不能走到哪都跟个土炮似的，那样太给家乡人丢份，以后见着不认识的也得装认识。老邓还特意举例说明道："假如别人正在谈论航空母舰，你就应该不屑地说，那玩意儿我家有好几个呢，都停在厕所边上了。"

邓强深深领悟其心法，一上火车就开始运用，惹得一车人在邓强眼里都成了土炮。

邓强给行李找好归宿后，坐下来开始打量周围的"土炮"。身旁的长发少女让邓强怦然心动，只见她秀丽端庄，双目澄澈宛若水中明月，醉人的酒窝在长发的飘荡下若隐若现。

邓强曾以为只有林絮会令自己魂牵梦萦，没料到在此处也能得遇佳人，邓强禁不住又浮想联翩，他甚至鄙视起了精神恋爱专家柏拉图。

邓强想要跟女生搭话，但又怕太唐突，倒显得自己冒失不成熟，于是故意先跟对面的"土炮"套近乎。

"你哪个学校？"

"土炮"转回目光，笑答："北科大。"

邓强心里一惊，没料到这小子还是一重点大学的，一下高出自己好几个层次，实力看来不容小觑。

邓强偏头对女孩儿微笑道："你呢？哪个学校？"

女孩儿偏过头，星眸微嗔，嫣然巧笑道："重庆三峡学院。"

邓强一听有点儿自惭形秽，如今的大学都好比古时的花魁，比的是名气，自己只是个大专院校，真是登不得台面。

"土炮"好像看出了一丝破绽，于是追杀道："你呢？你是哪个学校？"

语文

那只好采用苦肉计，先是把装书用的袋子的拎手给弄松，走到林絮跟前时轻轻一拉，让五六本书倾巢而出，他相信林絮肯定会捡书，两人便多了亲密接触的机会。

你说什么是爱情？
爱情就是一怎么说？……如果双方互相欺骗，这就是爱情。

葛亮先打破沉默，醉言道："你说什么是爱情？"

邓强吃口菜，想了一会儿说："爱情就是——，怎么说呢？就比方说吧！有一男一女这么两个人，一方欺骗了另一方叫耍混蛋，那如果双方是互相欺骗，这就是爱情。"

哇！你真厉害，文学知识面这么广。
过奖了，我只不过是对文学有一点小兴趣罢了，何足道哉！

林可惊道："哇！你真厉害，文学面这么广。"

邓强被夸得心花怒放，表面上还做出一派贫贱不移淡定自若的样子，道："过奖了，我只不过是对文学有一点小兴趣罢了，何足道哉！"邓强尾巴翘得老高，连说话都快接近用文言文了。

铁柱道:“你们挺愿意笑啊!是吧!好,我今天就成全你们,让你们笑个够。去,你们五个围着那棵树。”说着便指着不远处的一颗树道:“把树给我笑倒了就去休息,快。”

我们去找他们，
讨回个公道。
宿舍楼

金豆豆无比懊恼，大骂那贼卑鄙，恨不能自己电脑立马化身为定时炸弹，与那贼同归于尽算了。舍内除了金豆豆，其余人均没损失，于是利用闲情逸致为金豆豆打抱不平，对那贼连声痛骂。

……

邓强也出谋划策道：“我们去找他们，讨回个公道。”

林可，今天我们系……结果我从两百多人的队伍中被选中了。
哦！那恭喜你啊！

邓强尽量压抑住激动的语气，平静道：“林可，今天我们系篮球队选队员，结果我从二百多人的队伍中被选中了。”

……

邓强本以为会迎来枪林弹雨般的赞美，谁料林可更平静，连表示吃惊的语气词“哇”都省了，只来了句：“哦！那恭喜你啊！”

我也是多灾多难，
刚下楼梯时……
不然我肯定第一
个站出来。

一旁的金豆豆狠捶了一下自己胸口说:“我也是多灾多难,刚刚下楼梯时不小心踏空了,脚脖子扭到了,不然我肯定第一个站出来。”

I can--哦，不。Can I practice--
Hello!

邓强急得手心开始往外沁汗，以前背的那些汤姆、李雷的话无数，关键时刻偏一句也想不起来，最后他只好硬着头皮把汉语译成英语说：“I can——哦，不。Can I practice——”

邓强心里一颤，他知道如今无论是大学还是学院，一旦加上了职业技术这几个字，已然由亲生的变成了领养的，身价倍跌，而自己所在的学校恰恰就是靠这几个字撑起来的，便没敢报出学校的名字，故作淡定道：“我都毕业了。”

“土炮”见邓强有铁布衫护体，便放弃追杀，转而去追杀葛亮。葛亮也没有把自己学校名称报出来的勇气，而是故作沧桑道：“我少年时就辍学了，我认为读书纯粹是浪费时间，挥霍青春。”

“土炮”听后一阵失落，想来在这偌大个火车上，竟没有一个人能衬托出自己的伟大，真对不住北科大这么牛叉的名讳。

沉寂片刻过后，邓强率先问女孩儿道：“你叫什么？”

女孩儿微笑，大方地答道：“林可。”

邓强听了会心一笑，不问自答道：“我叫邓强，嘿嘿。”

其余二人暗骂这小子真不要脸，人家都没问，他就自己答。二人交换了一个下流的眼神，表示在这个问题的观点上达成了一致。

林可的酒窝

邓强趁热打铁，又扯道："我听说三峡是中国最美的一个地方，瞿塘峡、巫峡、西陵峡，三峡相连美不胜收哇！"

林可听后笑逐颜开，道："是啊！我也是因为听说三峡美，才慕名前往。"

其余二人被排除在谈话之外，心生嫉妒。"土炮"为了证明自己博学盖世，赶紧插话道："是啊！是啊！一千五百年前的郦道元同志说得好：两岸连山，略无缺处，重峦叠嶂，隐天蔽日，自非亭午夜分，不见曦月。真是奇景啊！"

"土炮"盗了郦道元作文里的句子，引得林可连声赞美。

葛亮也不甘寂寞，使出了超前绝后的东拉西扯功夫，把刘备从历史的陈堆中拖了出来，道："不错，三峡确实美，尤以白帝城为甚，我们不光能看到它的外表，而且还能沿着历史的足迹，追寻到曾经的那场昏天暗地厮杀的轨迹，那里还见证了一个盖世英雄的陨落，如此这般，怎能不让人怀恋。"

林可赞道："各位真是博学多才，令小女子佩服不已。"

邓强不甘被大众化，因为林可这话是夸大家的，更不甘心自己努力了半天竟为他人做了嫁衣——三峡这个头分明是自己先牵起来的嘛，凭什么就大伙儿享受福利？为了证明自己的才学才是独步天下的，邓强道：“三峡景色秀美，尽人皆知。就像巫山上的那座神女峰，一根巨石突兀于青峰云霞之中，宛若亭亭玉立、美丽动人的少女，真乃大自然的鬼斧杰作。记得女诗人舒婷曾作一诗名曰《神女峰》，其中最为人传诵的一句便是‘与其在悬崖上展览千年/不如在爱人肩头痛哭一晚’，让人黯然神伤，却又让人们如痴如醉，堪称是绝唱了。”

林可惊道：“哇！你真厉害，文学知识面这么广。”

邓强被夸得心花怒放，表面上还做出一派贫贱不移淡定自若的样子，道：“过奖了，我只不过是对文学有一点小兴趣罢了，何足道哉！”邓强尾巴翘得老高，连说话都快接近用文言文了。

那两人被晾在一边，满腔的妒气无处发泄，认识上对邓强的无耻又深了 个层次。

过了一会儿，林可从书包里拿出一袋饼干，递到“土炮”和葛亮跟前，二人都一副谦谦君子的姿态，委婉地谢过好意，以证明自己高风亮节，不为一块饼干折腰。递到邓强跟前时，邓强嘴上连说“不用，不用”，手却从袋子里拖出了两块，逗得林可不住地笑。

葛、土二人在心里狂骂邓强寡廉鲜耻，连女生的东西也掠夺。

能和美女同吃一包饼干，邓强大喜过望，他以前在食堂就艳羡有情侣共吸一杯果汁，如果以此作为衡量两人是不是恋人的标准，那自己和林可执手的佳期应该不远了。

吃完饼干，林可又去翻书包，邓强以为又有什么好吃的，坐在那翘首以盼，却见林可从书包里拿出一本书，名叫《鬼话中国正史》，作者是柏杨。

邓强一见书，假装大惊道："哇！你也喜欢看柏杨的书？"

林可恍如火车遇知音，也惊道："嗯，嗯，我很喜欢柏杨的作品，喜欢他不拘的风格。很高兴能遇到知音哦。"

邓强忽然变得郑重道："柏杨是男的还是女的？"

林可知道自己受骗，无奈地嗔笑，刚要回答，却被"土炮"抢先一步道："你真无知，这一听就知道是个男的，只有男作家才会选什么树啊之类的作笔名。就像鲁迅的笔名叫周树人一样，柏杨肯定是个男的。"

葛亮大笑道："人家鲁迅原名叫周树人，笔名叫鲁迅。"

林可也笑，解释道："不错，1918 年他发表了中国现代文学史上第一篇白话小说《狂人日记》，首次使用笔名'鲁迅'，而取这个名字的三个原因是：他母亲姓鲁，周、鲁是同姓之国，取遇鲁而迅速之意。"

林可说完后，三个男生顿时起敬。葛亮见终于有了插话的机会，便对林可道："《鬼话中国正史》是不是悬疑类小说？"

林可笑道："哪里，这是一本揭露中国正史被酱化的书，作者敢于直言，用嬉笑怒骂的文字去批判去揭露，文字犀利无比，确实值得一读。而且我最欣赏的实际上是作者本人，柏杨的一生就是一个传奇，他死后墓碑上的那句话'不为君王唱赞歌，只为苍生说人话"就是这位硬骨头的真实写照。"

三人这才明白自己是在班门弄斧，为防再丢人现眼，都不敢再往文学方面靠拢，只谈些琐碎的问题。邓强近水楼台，自然探得不少秘密，其余二人想要插话还要先征得邓强这个守门的同意，顿时与邓强不共戴天。

火车轰隆隆地向前行驶，仿佛又把人拖入了摇篮时代，众人坐得困乏难耐，林可也放下书趴在桌上小憩。邓强有幸分得桌子一角，与林可共“桌”而眠。葛亮没有桌子趴，只好靠着椅背练习坐睡，难度极高而且姿势优雅。

半夜，邓强趁众人熟睡之际，偷偷起来问林可要联系方式。实际上其余两人根本没睡着，听到邓强的悄声问话后都在心里不住地骂邓强真是厚颜无耻到了一种境界。但很快二人便以毒攻毒、以耻对耻，后半夜时都如法炮制了邓强的手法，先后向林可索了联系方式。相比之下，“土炮”无耻的层次更深一些，把地址详细到了村，就差让林可把门牌号也一并报出来了。

被火车摧残了一夜，个个疲惫不堪。一个女生，头发凌乱得像是被电击过，泡面回来时被葛亮挡了路，大声道：“让开！”语气坚定得像是在说：“小子，如果你有二话，姑奶奶这碗面就送给你的头了。”

幸亏葛亮识时务，知道身强体壮的男人不好惹，头发凌乱的女人更是惹不得，怪只能怪自己命苦，出门就遇母大虫，他立马闪身让道。

第二天清晨，火车渐渐驶入北京，车上的人也开始躁动。有几个没见过世面的小山炮还不时地发出惊呼：“哇！北京的楼真高！”

邓强虽然也没见过什么世面，但此时的心思全在林可身上，根本顾不上和北京亲热，他现在只希望火车能再慢些，自己能多看林可几眼。林可偏过头，邓强一下慌了神，赶紧转移视线，他本想编出个话题掩饰尴尬，不料张了半天嘴愣是没说出个字来，窘得脸颊阵阵飘红。

火车到站，众人各自收拾行李。林可突然对靠近车窗的中年男子道："爸，我来拿行李吧！"

三人齐惊，没料到中年男子竟是林可的父亲，懊悔错过了这一整晚绝佳的拍马屁机会，把未来岳父晾在了一边。

"土炮"近水楼台，忙从林可爸手里夺过行李箱，还一边客气道："叔叔，我帮您，我帮您拿，呵呵。"

邓强在一旁鄙视地想：这小子真会认亲，和吕布似的，遍地都是他叔叔大爷。

父女二人坐上出租车，邓强还在挥手惜别，俨然一副丈夫送妻子的样子。

"土炮"在一旁不忿，打击道："车早都不知去向了，你还挥什么挥？当心警察叔叔把你当作传销的给逮去。"

邓强听了不爽，反击道："我哪敢拖那许多叔叔下水呐！我这是在向可爱的北京问好呢！""土炮"气急，与邓强等人不欢而散。

邓强放下手，忽然在心里划过了阵阵空虚，对车上的记忆陡然变得模糊起来，只剩下一双醉人的酒窝和一个作家的名字——柏杨。

葛亮建议先去北京西把行李箱寄存起来，然后再去天安门参观。二人拖着行李箱往前走，在离北京北站大门的不远处，停了几辆人力三轮车，车主大声吆喝着：“北京西，到北京西。”

葛亮凑过去问：“到北京西多少钱！”

车主：“五块。”

二人一听才五块，风风火火地上了车。邓强心想北京人民真厚道，知道外乡人第一次到北京都要好好观光一下，还特意把三轮调了出来，而且价钱也公道。正思绪乱飞之际，车忽然停了，邓强以为是这三轮没油了，谁料车主豪迈道：“小伙子，到了，下车。”

二人惊道：“车还没走出五十米怎么就到了？”经车主解释才明白，原来他嘴里的“北京西”是把人拉到去北京西的公交站台上。邓强大失了一望，他没料到北京这么神圣的地方也会有骗子，只得怪自己运气背，刚来就被诈。

二人辗转到了北京西，都没敢在外面吃东西，他们觉得北京的“旅游业”都这么发达，餐饮业也不会默默无闻地廉价待客，于是各人吃了自带的面包，之后就去了天安门。

公交车刚经过砖红色的城墙，邓强扒着车窗兴奋地大呼：“哇！到了，到了，天安门哇！”葛亮忙跟邓强划清界限，向外挪了几步。见同车的人都在低声嘲笑，葛亮又跟身边的哥们儿撇清道：“这人谁啊！我不认识他，真不认识。”

站在天安门前，邓强突然觉得似乎并没有小时候想象里的那么神圣，不过面对着悬挂在城楼上的毛爷爷头像时，邓强又心生敬畏。

二人转悠了一会儿，感受了一下天安门的庄严后，就匆匆往北京西赶，生怕误了下午的火车。各奔前程的时候到了，邓强和葛亮依依不舍地在北京西站分别，临行前葛亮把一张北京市地图送给了邓强，这是要下火车时花五毛钱在列车员那里买的甩手货。

邓强捧着这张地图如握珍宝一般，想礼物原本就不分贵贱，关键是在情谊，于是邓强把它当成葛亮的遗物一样收好。

到上火车时，邓强已是一天一夜未合眼，登车后困意以拔树撼山之势席卷而至，邓强倒头便睡。也不知过了多久，醒来后大脑一片模糊，一阵眩晕后方知自己是饿了，伸手到座位底下拿吃的，摸索了好一阵，却什么都没抓到，俯身一看才知道，自己的吃的不知何时被人顺了去。

邓强顿时火冒三丈，大骂世间无耻之尤，又怪自己命不好，上了这辆贼车。旁边几个大汉听到骂声，顿时面露豺狼之色。邓强也有所警觉，见这几位大汉也不像什么善男，可能就是他们合谋瓜分了自己的干粮也说不定。当下敌众我寡，邓强只好忍气吞声装作无事，思想上则在继续鞭挞。

最后，邓强被迫买了一桶泡面，却花了两桶面的钱。火车上的公然敲诈早就不是新鲜事，除了人以外，其余东西只要上了火车一律涨价。邓强深知其厉害，因此也没敢多要。

第二天上午，在被火车蹂躏了又一晚后，艰辛的旅程终于结束了。

邓强下了火车身心俱疲，不可言状。到了出站口时已力不能支，幸好遇到了学校接待处的一位学哥。那学哥虽然长相迂回曲折，却对邓强的行李箱视如己出，接过后从容地背上。邓强对学哥甘为孺子牛的雷锋精神感激涕零。

那学哥对邓强嘘寒问暖，比亲哥还亲。在探知邓强的家乡后，学哥惊道："哎呀！老乡啊！我也那儿的。"邓强也惊，心想哪会有这么巧的事？这人不会是自己亲哥吧？是不是当年老爹背着老妈干的好事？想到这邓强禁不住打了个寒颤，没敢顺茬往下编，他决定留着回家问问老爹。

那学哥在确信已取得邓强的信任后，不经意流露道："老乡，你充话费吗？我现在手头就有充值卡，可以现场帮你充。"邓强不知其中奥妙，据实答道："不充，我手机里有一百多块钱话费哩！够我用半年的了，呵呵。"

那学哥一听这话，顿时脸拉得老长，自此再不与邓强搭讪，冷却速度之快如同把一条狗从赤道一下调到了北极，硬是把这条热带犬给冻死了。

正值邓强百思不得其解之际，出站口又有新生风尘仆仆而至，那学哥撇下"亲弟"不管，如饥似渴地飞奔过去普及雷锋精神，邓强再次被感动得一塌糊涂。

就在邓强拖着行李箱要上校车时，那学哥和新生之间的对话飘进了他的耳朵里。

学哥："你家哪的？"

新生："呵呵，广西。"

学哥惊道："呀！老乡啊！我也是那儿……"

邓强顿时石化：这学哥的家乡真是遍布全国各地啊！要是一会儿从阿富汗来个新同学，这学哥会不会一狠心把国籍也给改了？

短暂的惊诧之后，邓强又欣然开朗：如此倒也证明了老爹的清白，也好。

校车上，一位自称是学姐的女孩正向新生介绍着新校区。

“各位同学和家长，我们美丽的学校就坐落在北京路这个繁华的路段上，那里依山傍水，空气清新，绝对适合大家学习和生活。”

旁边一个同学听后，酸道：“哎吆喂！还北京路。”

学姐听到了这话，用碱性的语气中和道：“不错，本市的路段都是以各省市的名字命名的，像福建路、乌鲁木齐路等。北京路是本市的最中心地段，政府的主要行政机构均在此处。”

众生唏嘘不已，没想到如此一个小地方竟鲸吞了全国各地。说话间车已来到学校，有人疑惑地问：“进学校为何都没见校门口哇？”

学姐低声道：“正在修建中。”

连个大门都建不起，什么软件硬件看来都是奢侈品了，当下就有人抗议道：“不行，这学校太烂了，我们要回去。”

学姐见有人“煽动群众”，立即安抚道：“各位家长各位同学，大家静一静，听我说。你们仔细想一想，你们到底是来上学的还是来上大门的，既然都到了这里，就进学校看看嘛！”

学姐的“上大门论”还没说完，车就停了。下了车，邓强见这学校四面环山倒是事实，连学校本身都是建在山上的。“傍水”就不得而知了，饮水机里倒是见了半桶，学姐嘴里的“依山傍水”也算有了由头，只是说繁华就吹大了，说原始倒挺名副其实。

不远处，一辆铺路机正在作业，旁边的几辆挖掘机也正在施工中，两栋刚成型的楼宇耸立在面前，连窗户还没来得及装。

邓强误以为自己是来到了建筑工地，询问了好几个人才确定，这确确实实是自己的学校。当下就有几个人亢奋着要走，几个老师模样的人，胸前还挂着一牌子，见状急忙上前劝阻。估计这几个人的工作就是专门劝学生。但那几人去意已决，自拖着行李走了，嘴里还不停嘀咕着：“就丢不起这份儿。”

邓强也想这么潇洒地走一回，但一想这会儿潇洒了，回去定会给老爹打死，于是决定留下，一起建设这个学校。

交了学费，办完手续后自去寻宿舍。邓强的宿舍号是 2517。背着行李找到 2 号楼又爬上五楼后，已是筋疲力竭。见着“517”室，邓强推门进屋，里面已住进了两个学生。一个身材高大，足高过邓强半个头，大脸大嘴兼大耳，三大聚首，天生了一副打家劫舍的脸，可恨当年他宋江没这良好的人手配置，不然也不会差点儿让矮脚虎给煮了。一副红框高架桥在大个子的脸上横空出现，把这一脸的杀气又招安了不少，显得斯文许多。

此时“高架桥”正在收拾衣服。另一个则对着电脑玩游戏，看不到脸，但一头金黄的毛发却格外扎眼，仿佛是一只波斯猫盘踞在了上面。

“高架桥”见邓强推门进来，热情道：“同学，也住这宿舍？”

邓强被巨大的反差吓了一跳，这声音柔得像是女孩子在发嗲，和李莲英有得一拼。邓强差点儿被这声音“跌”倒，因为这声音也太对不住那张霸气十足的脸了，仿佛是给托塔天王配了把菜刀当武器，看着极不匀称。

邓强回过神笑道：“是啊！以后还是室友呢。”

“高架桥”道：“呵呵，我叫赵汗青，请多多指教。”

邓强一听“照汗青”，立马想起了文天祥的那首诗，于是道：“我叫过零丁洋。”

赵汗青先是一愣，反应过来后大笑说：“你真有才，不过我是赵钱孙李的那个赵。”两人相视再笑。笑声巨大，把“波斯猫”从游戏中震醒，他瞥了俩人一眼，二话没说关掉电脑就出去了。邓、赵一阵错愕后，也都各自收拾自己的东西去了。

靠近窗户的两个床位早已被占上，邓强只好屈居门后的位置，遥想以后要过起没有阳光的日子，看来祖国的花朵又要蔫掉一棵，不禁为祖国感到痛心。

邓强把衣服和行李箱安置好后，转身下楼去购置被褥。走在校园路上，烈日横空，天气燥热，不知名的树木不断地散发着奇异的怪香，仿佛给这原本就不流通的空气又披上了一层铠甲，大有要把人闷死的势头。

邓强正闷着头走，忽然对面传来一阵悦耳的声音。

“学长，请问艺术系的报到处在哪？”

邓强抬头，见面前站一短发少女，娇小可爱，身着黑白相间的迷你短裙，裙摆在微风中轻轻飘荡，女孩儿正抬头微笑等待着答案。

邓强看到了和林可一样迷人的酒窝，不禁陶醉，他眼睛瞅着女孩儿，手随便指了个方向。

那女孩儿谢过邓强后转身离开。邓强见她貌似向食堂而去，才明白自己指错了方向，为防一会儿“小酒窝”发现错了后回来报仇，邓强赶紧开溜。

在路上，听说有一位学哥正打着“为学弟，为学妹，不为钱”

的口号做活雷锋代售被子，比学校卖的足足便宜五十块，为照顾雷锋生意，邓强决定去那学哥那儿买黑货，顺便又带了一套军训服。回宿舍后和赵汗青买的正版货进行比对，发现并无区别，开心得不得了。

邓强铺好床后，倒下就睡，醒来时已是半夜，吃了一包饼干后继续睡。第二天醒来时已是早上八点钟，邓强抬头见屋内已住满四人，那位新来的正端坐在床上玩手机，看到邓强后报以一笑，邓强还以一笑，随后道："什么时候住进来的？我都不知道呢？"

新来的扶了扶眼镜笑道："昨天下午就来了，当时就看见你在睡觉，没想到你真的很能睡。"

邓强不好意思地挠挠头道："哪里，哪里。"

其余二人都被谈话唤醒，从床上坐了起来。赵汗青提议道："咱们以后就是一个寝室的了，都自我介绍一下吧！"见没人响应，便自己打圆场道："嗯，首先从我开始。我叫赵汗青，在甘肃长大，家里一共五口人。"

邓强也按照赵汗青的套路，把自己家的户口本也介绍了一遍。最后住进的那位紧接着邓强的步伐，也按照赵汗青的路线，道："我叫关平，家住北京市，全家一共四口人，父母、姐姐和我。"

关平是关羽之子，虎父无犬子，邓强据此推测这关平定是个打架的高手。就剩"波斯猫"还没自我介绍了，三人看着"波斯猫"，"波斯猫"起先还假装深沉，被三人这么一盯，顿觉浑身发毛，只好放弃深沉，道："我叫金豆豆，家是扬州的，一共三口人，爸妈和我。”

关平一听扬州，顿时精神大振，花痴道：“你们那儿是不是尽产美女哇？”

金豆豆道：“什么话啊！照你这意思，倒像美女都是从机器里批量产出来似的。”三人听后配合着哈哈大笑，随后便各自去洗漱。

下午，宿舍门口的通知栏里张贴上了大红报，通知说从明天开始军训，全体同学以连为单位划分，不得缺席。

汽检专业的人数较多，一共分了三个连。邓强被分在了二连，教官叫铁柱。据说铁柱来头不小，在部队任排长，训练新兵都是手“舞”足“蹈”的，从来不用嘴进行教育，直接拳脚招呼。有据可查的例子就是在上届新生军训时，一个一米八几的壮男被铁柱踢进了医院。

赵汗青用手在自己头上比划了一下，见正好符合铁柱喜欢踢的那种类型，心中暗叫：“完了，这下遇上天敌了，不挂也得伤残。”

邓强更伤心，他担心自己这小身板都不够铁柱一脚踢的，到时铁柱再估测不准，把脚给闪了，怕是自己还得赔医药费给他老人家，不由哀叹这年头也忒伤感了，连挨揍都要倒赔钱。

晚上一宿舍人集体研究对策，众人一致决定军训时装晕倒，这才安然入睡。

第二天早上六点，各连集结队伍，二连在第一天就勇敢地少了一个排的人数，原因是起晚了，被罚站军姿，动一下就加一个小时。邓强虽没起晚，但不幸忘了戴帽子，落下影响军容的罪名，跟着一块儿罚站。

站在邓强旁边的是个胖子，脸上像是沙漠里的暗河，汗止不住往外冒，又如瀑布般往下泻。胖子老忍不住擦“瀑布”，眼看一个小时就要过去了，铁柱突然大气地来了句道：“你还是去跑圈儿吧！我就不信你这汗流不干。”

下午的时候，二连要从海拔高的人中选出一位旗手，铁柱一眼相中了赵汗青，让他出列踢了两个正步后，觉得很符合扛旗的条件，于是暗自定了下来。铁柱对赵汗青问道：“叫什么名字？”

赵汗青嗲道：“我叫赵汗青。”

铁柱差点儿被这声音酥倒，瞬间便取消了让其去扛旗的决定，惋惜道：“好了，入列吧。”

军训了两天，邓强最大的发现就是汽检专业的三个连里竟没 个女兵，想到日后要过起少林寺的日子，不禁备感苍凉。艺术系和经贸系的情况恰恰相反，里面全是女兵，难得有个男兵也被踢给了陆军，原因是学校要求女生统一穿性感的海军陆战队蓝迷彩军服，男生则是普通的橄榄绿陆军军服，整个操场从头望到尾，一眼就能辨出雌雄。

有一次，二连荣幸地和一个女兵连分在同一个场地训练，二连所有光棍的目光均被女生吸引了过去。铁柱见自己魅力大失，怒道：“看什么看？我早看了，没好看的。有我早看了！”

对面的女兵们听见了，顿时嘘成一片。那女兵的教官也不甘居下游地大声道：“嘘什么嘘？对面又没帅哥，迷糊！”

男生听了嘘，女生听了笑。两个教官暗抬杠，可害苦了一群兵。铁柱无名火起，对二连道：“趴地上都给我做俯卧撑，一人一百五，大声喊着做！”

那女兵教官与铁柱沆瀣一气，转身对自己的兵道：“都给我站军姿，脸上的汗不干不准休息！”

俯卧撑做得大家胳膊腿直抖，女兵看着一群冤蛋做俯卧撑，看得眼睛直冒绿光。一下午折磨得男生女生都回肠九转，一谈到军训就色变。邓强本以为这种折磨已到极限，不料第二天痛苦更是百尺竿头。

铁柱通知说要考核一下这些日子的训练成果，以便迎接几天后的汇演；训练不用心的，将会受到严厉惩罚。邓强痴痴地望着铁柱的军鞋，怎么看都觉得它们比以前大了一圈，大概铁柱踢人踢得鞋都肿了。

“考核开始，第一个！稍息，立正，向后转！归队！”铁柱在旁喊口号。

“第二个！稍息，立正，向后转！归队！”

终于到邓强了：“稍息，立正，跨立！”邓强却向后转。

男生们止不住哈哈大笑，铁柱见局势失控，立马施威道：“都给我闭嘴！”

邓强腹诽道：“今天是撞上鬼了，别人都是稍息立正向后转，凭什么到我就稍息立正变跨立了？”不过他也没敢乱动，站在原地等待制裁。他一想起那大头鞋心就发颤，大脑临时短路空白一片，腿夹得连撬棍都撬不开。

终于铁柱发话：“稍息。”

邓强伸出了左脚稍，知道错时后脚已经伸出去了，想换脚又没那魄力，就这么僵着，脑子里都吓出了汗。

又是一阵沉默，连脚步声都听不到了。邓强窃喜：看来这个稍息把铁柱给气死了，我可以省得挨踢了。就算铁柱没死，把他气个瘫痪，对我也就没啥威慑力了。

正自娱自乐时，一只大脚猛地贴在了邓强屁股上，邓强感觉自己像是坐上了火箭，这股冲击波给得太让他无可奈何了：铁柱腿法如此精妙，定是师出北少林。

邓强既已领教其中厉害，只得听天由命："踢到哪算哪吧！"

两天的军训下来，众人都叫苦不迭，解散休息之余，大家都围坐在一起祈祷老天快快降雨，好让自己休息几天。

金豆豆嘲笑道："你们真是蠢——得可以，军训在下雨天照样可以进行，这才更能体现出军人钢铁般的意志呢！"他还举出实例道："我们高中军训那会儿，天都没下雨，学校还把消防车调来人工降雨，足足淋了我们半个钟头，丫我脸都淋抽搐了。要不是消防车没水了，指不定得被淋多久呢！"

大家被金豆豆的实话实说吓得够呛，纷纷改了祈祷词道："千万不能下雨啊！千万别下。"

军训的最后几天，连休息时间都发出了橙色预警，改成了集体唱歌。

有一天上午休息时，二连集体坐在地上唱《军中绿花》，铁柱去了厕所，正当大家在唱："我时常梦见她/军中的男儿也有情啊/也愿伴你走天涯"时，三个穿着海军陆战队军服的女生恰好来饮水机旁接水，几个好事的男生便带头改唱起了《对面的女孩看过来》。后来二连为显团结，集体开唱，三个女兵吓得连水都没敢接完，握着杯子就往回逃。男生们集体大笑，声音波及了整个操场。此时正好铁柱如厕归来，闻声便冲过来指着队伍里的几个男生道：“你、你、你、你、还有你，出列！”

邓强是最后一个被点到名字的，他战战兢兢地从队伍里爬了出来。铁柱道：“你们挺愿意笑啊！是吧？好，我今天就成全你们，让你们笑个够。去，你们五个围着那棵树。”说着便指着不远处的一棵树道：“把树给我笑倒了就去休息，快！”

五人对着树无论如何挤都笑不出来，铁柱施威道：“笑，快！限你们三秒钟把笑在脸上调出来，不然后果自负。”

邓强努力把嘴咧开，调出个横扫千军的笑。对面一位仁兄被这笑给倾倒了，顿时大脑充血，也顾不得什么矜持了，“哈哈哈”地大笑了起来，连浑身上下的零件都跟着一块儿颤抖。

铁柱见这小子面对这般严峻的形势，还能情不自禁，瞄着那人屁股就是一脚。那人刚才充血过量，被这一脚又踢得血压偏低，扶着树，头直晕，脸上的笑也霎时远走高飞，不知去向。

铁柱提醒道：“注意表情。”

那名男生不得已，五官一齐努力，憋出了个异常诡异的笑容，铁柱看了都差点儿笑了出来。

其余几人怕重蹈前人覆辙，没敢热情洋溢，只是机械地咧着嘴，继续跟树调情。

晚上回去后，邓强脸部肌肉僵硬，嘴巴怎么努力也闭不拢，卧倒便睡。三位室友本想调侃一番，见邓强回来就装死，没忍心碎尸，便放了他一马。

军训汇演那天，天公不作美，整场演练都是在雨中进行，这就注定结果将衰不忍睹。

邓强冷得浑身直抖，湿衣服黏在身上好像要拉下他一层皮来。口号刚喊出一半就呛了一鼻子水。

各连队的老师站在主席台上闷头乱致辞：“各位教官，各位老师，亲爱的同学们，秋高气爽，彩旗飘飘，在这一个美好的日子……”

致辞的领导争先恐后，一位赶着一位，讲的都是千篇一律的废话。轮到院长致辞时，老师见自己头儿登台，纷纷鼓掌，主席台上顿时爆发出了热烈的马屁声。雨中的学生都被滋润得浑身僵硬，心里不停咒骂，他们也不知道是在骂老师还是在骂老天。

院长果然不愧为头儿，废话最多，讲起来无边无际：“同学们！你们不怕苦，不怕累，练就了一副强健的体魄……”

院长刚念到这儿，就有一个学生倒下去了，一群学生赶紧抬着往医务室送。一阵骚动后，院长继续废话：“你们英姿飒爽，你们……”

学生们刚听到“飒爽”，前面又抬出去一个，邓强开始怀疑这院长是在念咒语，要是再让他致会儿辞，恐怕全体学生都得被抬出去了。

副院长见情况不妙，上前跟院长低语了几句，院长无奈地点点头，不舍地宣布此次军训汇演圆满结束。

那些还没轮上风光上台发表重要讲话的领导表情失落，暗怪上天无眼，让自己壮志难酬。

竞选是一门学问

真正的大学生活终于开始了。邓强抚平了心里的波涛，给林可打了个电话，开始还是以废话打头阵，说什么三峡天生丽质，尤其是三峡大坝，是中国人的骄傲。然后由三峡过渡到人生，说什么人生如梦，转瞬即逝，本就没什么高低贵贱之分。邓强这么说是为了把自己的身份和林可的拉近些，准备工作做完后，邓强表露道："林可，其实那天在火车上我骗了你，我也是个学生，只不过是个专科的。我怕你嘲笑就没敢报出来，你是不是觉得我很虚伪？"

林可半开玩笑道："我哪有那么势利眼啊！你觉得我是那种只看重学历的人嘛？其实我早就知道你也是个学生了。"

邓强顿时释然，他最担心的事终于解决了。他惊讶地问林可道："你是怎么知道的？"

电话那头林可咯咯笑道："那天在列车员查票时，我看到你的票也是半价的，我就猜到了。"

邓强暗自佩服林可真是聪慧过人，和狄仁杰一样火眼金睛。把身份拉平后，邓强假装玩笑道："林可，你对选男朋友有什么标准哈?”

林可沉默了一会，扭捏道：“嗯……怎么样也得出类拔萃吧！不能太平常。”

邓强在心里大骂女人庸俗，说来说去还是离不开名利。乱扯了一通后，邓强心满意足地挂了电话，他此次的目的也算达到了，敌情被刺探得彻底。按照邓强的理解，要在大学里出类拔萃只能是竞选个学生干部当当，或是进个体育队来彰显特异，唱歌跳舞目前是过时了。他为自己制订了代号“C”的出类拔萃计划，并开始了行动。

晚上，高年级的学长又做活雷锋，来寝室推销多功能插座。那学长顶着跳楼吐血价，每个二十块钱卖了两个。邓强自觉讨了个大便宜，兴奋得不得了。

那学长临走时还不忘低声嘱咐：“千万别给我传出去，我这都是亏老本卖给你们的，对外我都卖三十块呢！我就是看哥几个面善，才忍痛自己放血，千万得给我守口如瓶哦。”

邓强等人连声应允，都夸这学长真仗义，简直是活雷锋再世。

没过一个小时，众人还没从雷锋的热乎劲儿里走出来，又有一位自称是学长的人上门来推销插座和充电器一类东西。邓强不由感叹“学长”的泛滥，大概是个男人都能称。

金豆豆忙道：“不用了，我们什么都不缺。”

那人刚要出门，邓强随口问道：“那种多功能插座要多少钱啊！”

学长一听有生意上门，转头放下纸箱道：“十块，原价出售，绝对保证质量。”

邓强一听十块，惊得从床上跳了下来。那学长以为这小子买不起要改抢，紧抱着纸箱不肯撒手。

邓强指着和刚才一模一样的一个插座问道：“这种，就这种的多少钱？”

学长见宿舍人多势众，没敢大声说话，放下箱子，伸出十根手指头表示确实是十块。

邓强摇手道：“不用了，你走吧！”

那学长以为这小子嫌贵，让步道：“要不我八块钱卖你？”

邓强越听心里越不平衡，把声音又加了一个挡道：“不用。”

那学长走后，四人愤愤，齐骂高年级的人奸诈，关平骂得最经典：“丫真够孙子！”

金豆豆慷慨地把受骗的责任全推给了邓强，邓强死死咬住赵汗青，说他当时组织大家掏钱时最积极。赵汗青辩解说：“那当时你们不是也都同意了嘛？”四人相互咬，没咬出结果，最后一起盗用关平的经典台词骂道：“丫真够孙子！”

第二天是正式上课的第一天，第一节是辅导员的课。辅导员名叫谢洪，刚从大学毕业，虽身材短小，但也不影响整体大局。正值风华正茂之年，连青春痘也忍不住疯狂泛滥，扎堆地在脸上排兵布阵，从远处望去，一脸全是关卡路障，估计驴车从上面过得翻好几个跟头。

关平胡诌道：“他这种情况是青春期发育延迟症，这就充分地证明他童年过得肯定是坎坷崎岖，童年的压力要在青年释放，于是把脸都惹火了。你看,上面全是不满。所以我猜这老师肯定火气大。”

见没人理自己,关平又道:“我这可是提前给你们打个预防针,不信拉倒,别到时吃了亏才后悔,那可就晚了。”

邓强听了关平的言论大笑道:“听说过一叶而知秋,还没听说过从一脸青春痘能拓展出童年的。”他估计要是谢洪当年再接再厉,脸上再多生出一颗痣的话,关平能顺手把谢洪的前生和来世一并推导出来。

谢洪一开口说话,果然吓了大家一跳:没想到辅导员生了一张中国脸却说得一口外国话,听起来像中像日又像英。邓强想:“莫不是身兼了三国的血统?虽说与诸子百家的混血儿史记比起来稍逊了几筹,但比起单一血缘的人还是要高出几倍的。就像铅笔芯,虽然没有完全用炭做的那么纯粹,掺了点儿土,可也算是一根 2B 铅笔了,比土的身份还是要高出几倍的。如果人家是出生在国外,那最起码也是个归国华侨。”他暗悔当年生物没学好,不然一定能解开谢洪的血统之谜。

邓强禁不住哀叹自己求学之路的坎坷,以前在高中时是老师说的内容难懂,上了大学这坎坷青出于蓝,连老师说的话都听不懂了。旁边有同学议论道:“辅导员说话的口音是湖南口音,但不正宗,好像又掺了点广东味儿,最主要的他还是大舌头哦!”

关平又拿出百事通的神情,对邓强和赵汗青侃道:“丫这是舌头神经麻痹你们知道吗?我断定他语言中枢系统得有一半是瘫痪的,我刚才就看出来他肯定是有问题的,这回信了吧?”

邓强模仿关平的语气,呼应道:“丫说上一句话我们还得破译，真是苦了我们了。”

赵汗青侧过头道：“你们丫丫的说什么呢？老丫什么丫，本来就听不懂，这不是雪上加霜嘛！专心研究一下他到底说的是什么吧。”

大家仔细听了一会儿，还是破译不出。金豆豆倒是在旁听得格外入神，如听到了真理一般顿开茅塞，而且还时刻配合着谢洪的话，若有所悟地点头来烘托他的语言节奏之美。

其余几人看了眼馋不已，推测金豆豆和谢洪是出自同一门派，所以才能不谋而通，于是纷纷向其请教心法道：“他说的是什么？给解释一下。”

金豆豆避开谢洪迫切而信任的眼光，低声道：“我也听不太明白，好像是说他父亲吧！”

这时大家已由眼馋改为甘拜下风，敬服金豆豆的马屁拍得真是到位，连语言节奏都不放过，简直是天衣无缝。

中午，来了通知：“汽检一班要在 4808 教室开班会竞选班干部。”

邓强听了心潮澎湃，想到自己的 C 计划即将启动，终于到了要摆脱平庸之时了，不由大悦。

下午，汽检一班人员悉数到场，辅导员照例率先发言，可一直到他讲完，同学们也不知道该干什么，就这么僵着。一阵尴尬后，通知开会的那位走上讲台，把辅导员的话又用普通话翻译了一遍，众人才明白辅导员的意思是：“想要竞选班干部的同学到讲台上自我介绍，然后开始投票选举。”为了感激这语言天才的贡献，大家一致把他定位为“翻译”——谢洪的御用翻译。

翻译走下讲台后，各路豪杰仍按兵不动，因为都知道选举就好比打仗，往往先冲上去的都不会有好下场，倒是死得会格外快。就像当年日本人在行军时的安排一样，打头阵的往往都是些汉奸或伪军这类小喽啰，精锐部队通常都是在后面才杀出来的。

只有几个不通此理的小子没按捺住，急吼吼上台想争夺班长这个职位，结果从讲台下来后也没给大家留下印象。邓强见时机刚刚好，于是起身，一路正步踢到讲台上，比军训那会儿踢得还标准。邓强没急于先介绍自己，而是提起粉笔在黑板写出了自己的大名。他自感这是明智之举，由于大家在一起还没几天，多数还不知道姓名，如果投票到无人可写之时，朝黑板一瞄，自己便可多得上一票。

邓强在自我介绍时还撒了一个小谎，称自己在高三时任过一年班长，以表明自己在这方面有工作经验。下讲台时，邓强已经觉得班长之职对他来说已如囊中探物了。

邓强过后，各路人马风起云涌，纷纷登台显圣。关平是紧随邓强之后上的台，他把自己的名字在黑板上画得足大过邓强的两倍，而且还是艺术字。同时还声称自己在高一时就开始担任班长，工作经验足足比邓强早了两年。

邓强在下面一听，顿觉眼前发黑，责骂关平这小子侵犯了自己版权不说，还变本加厉地吹，真是虚伪。邓强把意思表达给赵汗青，希望获得支持，不料赵汗青笑而不语。邓强受到折磨，顿时把他和关平划到同一行列，一块儿抵制。

金豆豆后发制人，将邓、关的套路发扬光大，写名字像是在黑板上画山水画，大笔一挥，半个板面就成了他家的大好山河。

邓、关二人一见，脸都青了。邓强对关平道：“这人真无耻。”

关平同流合污道：“简直是超级无耻。”

金豆豆在讲台上无耻地开河道：“大家好。”邓强在下面赶紧接话，小声鄙视道：“好个屁！”关平在一旁笑，赵汗青瞥了俩人一眼。

金豆豆继续道：“我叫金豆豆，我来竞选班长这个职位，我自信我能胜任这项伟大的工作，因为从初中开始我就一直担任班长这个职务，而且在我担任班干部期间，每一年都是班干部标兵和优秀团员。希望大家能信任我，给我这次机会，我一定能做好这个带头工作。”

邓、关二人一听，顿时呆若木鸡，只有叹为观止的份了，金豆豆如此超群绝伦，满身的荣誉，就差个烈士称号了。

之后又上去了几位，用的手段都大同小异，不是从高中时就开始担任班长就是初中时开始担任，最夸张的说从幼儿园时就开始连任，就差说自己在胎教时就开始温习班长章程了。这番竞选演说给人的感觉是，汽检一班群英荟萃，虽说没出什么王侯将相，却意外地集结了一窝班长，这比看到太阳和星星共处一室可难多了。

有一些还没轮到上台表演的，自恨牛皮吹得没有众前辈那般猛烈，只好挥泪舍爱，退而求其次，准备吹团支部书记这个职位。

选票被收上去后并没有公开，辅导员回去跟自己商量了一下，就把班干部内定了。结果翻译同学出人意料地荣膺了班长这个职务，虽然他口口声声说自己以前没干过。

落选的齐骂上级黑暗、腐败，骂到激昂之处恨不得把辅导员的办公室都给轰了。

金豆豆的牛皮刚才吹得较猛，谢洪把团支部书记这个官赏给了他。

金豆豆见事情峰回路转，于是赶紧倒戈。刚才数他语言轰炸谢洪办公室炸得最凶，现在又立马维护起主人的合法权益了：“你们不要怨天尤人好不好，吃不到葡萄就怪葡萄树，没素质。”

邓、关二人不由佩服金豆豆叛变的速度真是够上神速了，说变就变，比闪电还闪电。

干部名单公布完后，邓、关二人什么也没捞上，继续在心里愤愤地轰炸谢洪办公室。

临下课时，班长突然意识到生活委员这个职务还空缺，立即开始组织竞选。关平给邓强使了一个眼色，示意他去竞选。邓强连忙摇头道：“不行，不行。这个工作太光荣了，我干不来。”邓强怕他不罢休，于是反咬一口道：“我看你倒挺合适的。嗯，再合适不过了。”此时正好翻译在讲台上问道：“有谁要参加竞选的吗？”

邓强在下面接话道：“有，关平。”

关平一时无措，只好硬着头皮站起来，大家怕耽误自己吃饭，纷纷举手表示赞同，瞬间便达成了共识。于是关平一下被陷害成了生活委员，掌管扫地、公共物品保管等大任，光荣得糊里糊涂。

邓强和关平同属天涯沦落人，一个没做上官，另一个还不如没做上。两人自然是惺惺相惜、志同道合，晚上回宿舍后促膝而坐，齐声骂上边黑暗以发泄心中不满。最后由于感情迸发太浓，导致矛盾恶化，把同学内部矛盾上升为阶级矛盾，只要是当上班干部的，不论大小，一并拍死。

二人怒斥辅导员黑暗，关平见已无泄愤之词可用，便另辟蹊径走向了“黑幕派”：“我猜辅导员和金豆豆之间肯定有内幕，你丫瞧他们两个说话的招数都一样。我早就看出来了，你说呢？”

关平诽谤完后，把回答的权利交给了邓强。邓强好不容易邂逅了一个盟友，于是唯关平马首是瞻，顺着茬儿编道：“嗯，我估计金豆豆是他小舅子，肯定是。”

二人相互配合着把谢洪和金豆豆篡成了亲属关系，顿时困惑全消，兴奋之情直逼大脑防线，犹如是沉寂已久的作家突然间来了灵感，身心俱释。两人彼此也晋升成了莫逆之交，坐在一块儿像是在做焦点访谈，怎么谈也谈不完。金豆豆回来后，俩人表现得更是情比金坚，又热乎上了一个层次。

金豆豆不知其中厉害，欢快地凑到中间去聆听。二人见有第三者“插头”，于是各自散开都不说了。金豆豆的笑脸霎时阴云密布，尴尬得恨不能抽上自己两巴掌明志，只因是自己的零件不忍心下手，才作罢。

晚上宿舍成员分成了三派：以关平为首的反金派，主要成员是邓强；以金豆豆为总指挥的反关反邓派，成员就是总指挥。最后一组是由赵汗青自己组成的中间派，不帮助谁也不反对谁。

金豆豆见自己孤军奋战，想拉拢赵汗青补充实力，于是开始对赵汗青献媚。邓、关二人觉得就算他把赵汗青拉拢了过去，凭他开口那点儿杀伤力，根本构不成威胁，便没把赵汗青列为统战对象。

赵汗青见目前战况不大明朗，自己稍有不慎便会树敌，于是发扬隐者风范，蒙头装听不见。隔了一层被子，金豆豆的马屁怀才不遇，受到重挫，还消耗了不少机械能，山穷水尽之际，只得放弃。

邓、关二人一听这么荡气回肠的马屁竟没拍到明主，深表惋惜，躲在被窝里偷笑。

大学生活才过了三个周，邓强就已心灰意冷，幻想里的柳暗花明又重新跌入了以前的内外交困状态。各门学科的老师显然都是现代人，讲课时都不拿课本，直接带个笔记本电脑传道授业。邓强幻想着孔子握着鼠标上课的情景，一边挂着 QQ，一边讲课，时不时再偷偷菜，不禁对教师的职业又羡又妒。

从开始上课到下课，老师都只是闷着头对着电脑照念，估计就算炸弹落在身上也阻挡不了他往下念的步伐。谢洪的课更是惨绝人寰，连照着念都念不出中国特色，满口的八国联军味儿。唯一带点中国文化的就是结尾那个语气词“撒”，每句话里都必定配有一个听得邓强忍不住老想撒尿，几节课憋下来，几乎要患上肾病了。

开始的时候，学生们还积极到前排去占座，这显然是低估了辅导员爆炸的威力。一周后情况就发生了质的改变，每逢到谢洪的课，同学们都开始争抢后面的座位，导致前线兵力严重吃紧。第一排只剩了那几个班干部在坚守，第二排空虚，第三排空虚，第四排被逼无奈地坐了几个，第五排往后空前爆满。那几个班干部坐在前面雷劈不动，成了后方同学坚实的堡垒，估计就算辅导员讲课时喷手榴弹，也炸不散他们整齐的阵容。

后来在谢洪这门课的引导下，各门学科全面开花，听的人越来越少，有的甚至连课本都不带就去上课，报完名字就开睡。上面还没开念，下面早已倾倒一片。老师照直了开坦克，下面就是地震了也不关他事。邓强上了大学后的第一体会就是觉越来越多了，怎么睡也睡不过来。回宿舍见了床就困，在教室见了老师也困，两者像是安眠药，安抚得邓强对白昼作出了模糊的界定，恍惚地觉得除了吃饭是白天，似乎整天都是黑夜。

食堂的饭菜也渐入“破”境，只有开学那几天质量还算过得去，没几天就烂到了极限。眼瞅着要和高中时的并驾齐驱了，食堂的叔叔阿姨还在想方设法地不断进取，力求烂出一个新境界。伙食烂是不可改变的，但却是可以掩盖的，因此食堂师傅把菜往死里辣，企图覆盖烂的本质。

终于，有一次邓强被辣得忍无可忍，假装单纯地向那打菜的阿姨问道：“姨，这菜怎么放这多辣椒哇？”他把声音的亲和力调到大力胶的黏度，不知道的还以为那是邓强亲姨。

那阿姨面如铁板，对邓强这亲戚视若无睹，眼睛都不甩邓强一下就答道：“不放辣椒没味儿。”

邓强一琢磨也是，可也不能成吨成吨往里放啊！熏陶得这菜都是辣椒味儿。邓强望着阿姨那张铁板脸孔不由心生畏惧，没了挑战的勇气，只得在心里偷偷抱怨。

邓强要了两个菜后，阿姨挥舞着铁铲，跟抡菜刀似的，以迅雷不及掩耳之势斩了两盘小菜，不多一毫，不差一厘，刚好和餐盘的高度持平，如此精准的刀法让邓强觉得自己正置身于刽子手的刀下，于是端起饭仓皇逃遁。

宿舍的情况也不妙，阶级矛盾日益升温。金豆豆搞分裂，与舍友割席断交，双方互不往来，谁都不睬谁。余下三人跟金豆豆赌气，为了孤立金豆豆，在金豆豆面前故意相谈甚欢、恩爱和睦。

金豆豆魔高一丈，晚上回去把电脑音响开得巨响，震得三人精神几欲崩溃，想秀恩爱都没了心情。

邓、关二人警告两次后不起作用，反而加重了金豆豆的作案底气，把电脑的声音又调高了一个档。

明哲保身的赵汗青成了无辜的牺牲品，因为即使他发自肺腑地吼上一句，也像是从宫里面出来的，根本起不了作用。无可奈何的三人晚上加倍地失眠，白天上课就加重了迟到率，偏巧班务日志正好掌握在金豆豆手中，邓、关、赵三人自然都是榜上有名。

阶级矛盾恶化后，“人民内部矛盾”也在加剧。邓、关二人虽然在金豆豆跟前大秀友爱，其实背后是相互拆台。邓强自认和关平的关系已达到炉火纯青的境界了，值日时关平自然得给放点儿水，不给自己安排累活。谁料每轮到有邓强值日时，关平都把抬水、洗拖把这类操作能力强的活，很照顾似地安排给邓强。因为大家还不大熟识，关平对陌生同学也不好随意发号施令，这个任务当然得由关系不错的邓强承担了。

邓强感激之余，大赞关平这人孙子，自己刚帮他做上“官”，他转身就拿“官”拍自己一砖，疼得邓强愣是拿拖把当关平的头来拧。

不知不觉日子就这样糊里糊涂地过了三个周，期间邓强还有两次去错了教室，迫不得已跟着大三的上了两节课。邓强开始还胆战心惊，怕被拆穿后下不来台。幸亏旁边的学长也都是以睡觉为主，少有的几个好学不倦的都垒在了前头。邓强比在自己班级教室还自在，临下课便有点恋恋不舍。

短短几日，2517 宿舍就过上了西部人民的日子——用水难，这个难主要不是缺水导致的，而是因为懒。大家都纷纷发扬主人翁的气概，谁都不想做公仆打热水，宿舍里的热水好比是女儿国里的男人，显得尤为紧俏。

2517 寝室有四个成员、两个暖瓶，在数量上差距较悬殊。赵汗青声称自己惯用冷水洗脚，强身健体，所以不必买暖瓶。金豆豆则更加强悍，称自己根本不洗脚，买暖瓶实属脱裤子放屁多此一举，因此也可忽略。

邓、关自恨太讲卫生，体质又差得洗不了冷水浴，只得各自出钱买。没过几日，两只暖瓶就充了公，金、赵忍痛改变多年的生活习惯，也用起了热水，气得邓强恨不能把暖瓶都锁进箱子。关平更恨，每次见金豆豆用自己的暖瓶，都好像是用了自己的女人一样，欲砸之而后快。可是两人表面上又不好发作，只能在背后伐骂不断。

周六的晚上，邓强提上暖瓶要去打热水，关平瞅准时机，火速道：“顺便帮我带一瓶吧！”碍于情面，邓强只得逼着自己慷慨应允，心里却叫骂不绝。原本还想向他讨那三毛钱的水费，但转念一想，即便是讨了，关平定会诚实地说："囊已羞涩。"对于这种无赖的招数，邓强虽称不上是开山鼻祖，但也早已了如指掌了，只得忍痛放弃。

学校的开水房小得异常，打水还要排队。掌管水房的阿姨长相与世隔绝，表情都从容地退化了，仿佛是看破了红尘的蒙娜丽莎，足以气死达芬奇。

邓强来得及时，有幸占得两个水龙头。可惜两个暖瓶兼顾不得，热水纷纷外溢，紧随着腾起一缕蒸气，邓强只得惶恐地上前把另一个水龙头关掉。

"蒙娜丽莎"眼见腾起一股蒸汽，仿佛是见到氢弹爆炸，被炸起来后横眉冷视邓强，欲要发作。

邓强见情形不对，赶忙卖乖，对那阵亡的水表示惋惜道："哎！真是浪费了哦。"

"蒙娜丽莎"见这小子悔过悔得还算及时，便放弃屠杀，返回原处继续看破红尘。

邓强见哄过了盗版蒙娜丽莎，赶紧提水走人。谁料，出门口刚下两个台阶，突然右手一轻，手里的暖瓶胆便英勇脱落了。

邓强突觉双手失衡，于是果断地把左手的暖瓶也给扔了。

暖瓶落地的同时一阵幸灾乐祸的笑声传来，邓强不由感慨人民群众发贺电真是及时。待他循声望去，顿时全身凝固，真是冤家路窄，竟在此处又邂逅了"小酒窝"。

那"小酒窝"自上次被骗后，苦寻仇人无果，哪知竟会相遇在此处。她脸上的笑瞬间被撤得一干二净，转而换上了一股杀气，仿佛是门神尉迟敬德那独有的表情。

邓强见“小酒窝”满脸都是冰天雪地，早已失了初见时的可爱，不敢再多留恋，抓起暖瓶壳就往回奔，任“小酒窝”在后面连声喊叫也不加理会。

回到宿舍，邓强仿佛是刚从战场上被打残归来，甚为狼狈。为防关平会拖自己给他的暖瓶陪葬，于是倒打一耙道：“你那什么破暖瓶啊！瓶胆一点儿都不牢，半路掉了溅我一鞋子热水。不光我脚被烫起泡了，连我自己的暖瓶都给你的陪葬了呢。”

关平本想为自己那阵亡的暖瓶讨个公道，但一想这暖瓶死得也算有价值，拉上一个垫背的不说，而且还烫了凶手一遭，于是大度道：“算了算了，就一个暖瓶而已，我是断然不会让你赔的啦。”

邓强当下舒心不少，但依然嘴硬道：“哼！我没让你赔就是够宽容的了。”说完便按照自己预先打算好的，拂袖而去。邓强是想借此表明自己才是最大的受害者，在让关平感受到自己宽大的同时，也让他心里平衡。这些先发制人的计谋，邓强早已烂熟于心，并且能随时随地尽情发挥，连《三十六计》都感叹自己生得太早。

宿舍里不光人际关系陷入了危机，连财物也难以自保。周日晚上邓强正在操场散步，接到关平电话说舍内不幸失窃，金豆豆的电脑已经英勇就义，叫他赶快回来清点物品。邓强挂掉电话，一路加鞭赶回宿舍，慌里慌张打开箱子，发现东西尚在，顿时喜上眉梢，暗自庆幸好在有金豆豆这块大金子在前方顶住，否则宿舍这会儿得被洗劫一空。他在感激金豆豆为室友做出杰出贡献的同时，也对那逝去的电脑致以了沉痛哀悼。

关平与金豆豆积怨最深，暗地里幸灾乐祸道：“丢了，总算是丢了。丫的，老天终于开眼了。”

金豆豆无比懊恼，大骂那贼卑鄙，恨不能自己的电脑立马化身为定时炸弹，与那贼同归于尽。除了金豆豆，其余室友都没损失，于是利用闲情逸致为金豆豆打抱不平，对那贼连声痛骂。

关平道：“宿管办的人一点儿用也没有，只知道守着门口监督不让女生进来，来人是不是陌生面孔他才不管。”

赵汗青嗲声接道：“是呀！是呀！他们有很大的责任呢。”

邓强也出谋划策道：“我们去找他们，讨回个公道。”

众人一致认可，于是翻身下楼去找宿管办。

金豆豆等人进宿管办时，那宿管大爷正在电脑上玩斗地主。金豆豆睹物思电脑，只恨苍天不公，没把他的电脑也给盗去，否则他岂会这般逍遥？金豆豆把情况复述了一遍，那大爷正忙着奋战，听得也心不在焉，恰恰这把牌又不好输了个双倍，心里正不爽，眼皮都没抬一下，直接把电话拨到保卫处道：“又一个丢电脑的，来登记一下。”

大家这才知道这里丢电脑已如便饭家常，不丢才是反常。保卫处来的那人更是猥琐，无论是从行头还是从面容上看，都仿佛是刚从战场上逃回来的伪军。金豆豆终于知道自己的电脑生还无望，基本是宣告失踪了，即便侥幸被追回来，也难保这位不会趁火打劫，敲自己一竹杠。

“伪军”进屋只记录了失主的姓名和性别，上下打量了一会儿金豆豆，确认他确实是男性后，径自离开了。四人目瞪口呆之余都暗下决心，要防止下次连自己也一并丢掉，免得连累校警无从验证性别。

金豆豆见宿舍已如此不安全，生怕下回自己又给偷了，于是壮胆报了警。民警叔叔显然比“伪军”仔细，除了记录失主的姓名和性别外，还询问了电脑的型号和样式。这使得金豆豆又重新燃起了对政府办事能力的希望。

然而，希望越大失望也就越大。之后的几天，金豆豆打电话去询问，得到的结果却意外地和那“伪军”给的答复不谋而合——正在调查中。金豆豆不由产生了派出所和看大门的原来是同事的错觉。

日子依旧难熬，仿佛是在经历八年抗战，旷日持久。回到宿舍，眉头一皱，每个人脸上都是阶级斗争。甭管有事没事，先大吵一架，然后有事说事，没事继续。2517 好似西班牙的斗牛场，宿舍门一关，随意厮杀。

邓强实力有限，和金豆豆正面较量不是对手，每次都被杀得狼狈不堪。于是改变策略，把自己调到侧面战场，让关平直面金豆豆，等到他俩杀得筋疲力竭之时，自己再猛下一刀，将两人一块儿砍死。

如此几次，关平甚觉吃亏，于是投敌叛变，与金豆豆歃血为盟，联手攻击邓强。邓强孤军奋战招架无力，见大势已去，不战而降。寝室里于是安宁了几日。

邓强表面投降，但心里严重不忿。他分析自己打不过对手的主要原因是底气不足，毕竟对方为官，己方为民，等级有异，自己要想取得胜利，就必须提高自己的“阶级”。

这天邓强正琢磨如何去参选系篮球队一事，他想如果自己真被同学失手选中，不但有了能与金豆豆公开抗衡的实力，而且在林可眼里也应该能达到不平凡的标准了，日后在同学中也可当炫耀的资本、吹牛皮的材料来用，简直是一箭多雕。

周三下午，邓强勇冠三军，单枪匹马地把课逃掉了，换了一身篮球装备来到事先通知的教室参加选秀。

邓强进得教室，各式各样的人才跃入眼帘：有身瘦如大葱却面如托盘的、还有看上去好像四肢萎缩却身肥如碾盘的，连形如砝码的也来凑热闹——系篮球队选秀场义无反顾地演变成了立体几何图形展。最让邓强惊讶的是里面还坐了一小撮女生，他估摸是来选篮球宝贝的。

邓强俯视这些肥瘦残兵，内心充满了骄傲与自信。

C计划

这次参报系篮球队的共有二十多人，创下了历史新低。羽毛球队、街舞队、歌唱队抢走了不少活跃分子，邓强所在的系女生又严重量少，仅有的几位都报了街舞、唱歌，于是许多男生都高举“有异性，没个性”的口号随往，使得街舞队和歌唱队人数如长江近年来的水位一样，勇猛攀升。人多就力量大，唱歌的和跳街舞的在学校严重泛滥，走在校园路上经常会听到突然有人“嗷”一嗓子，在食堂又会撞上有人走着走着突然倒地跳街舞的奇异情形。

轮到自我介绍时，邓强吸取了上次选班干部时的惨痛教训，这回下了狠手，把自己吹得无懈可击，简直比乔丹还乔丹。

体育部的那几位干部模样的被彻底蒙住，连连点头表示肯定。

邓强把谎话说得极像真理，心里虽波涛翻涌，表面上却平静得如一汪死水。回到座位后更是一脸的大彻大悟，不悲又不喜，将破绽隐藏得杳无踪影。

实际演练时，邓强不幸与“砝码”、“托盘”等人沦为了队友。

从正面望去，他这一方的阵容俨然是一个托盘天平，想拯救都无从下手，邓强顿时心灰意冷。

对方实力较为雄厚，几个人拼到一起足以赛过两头笨熊。外加创意十足，刚开场就用一个走步上篮震慑住了众人，看得邓强目瞪口呆。令人难以置信的是身为裁判的那几个体育部评委愣是没看出来，当三步篮一并收了。

邓强这一方的情况更不妙，连会三步篮的也鲜见。不管是谁拿到球，一律闷头前进，直到弄丢为止。双方在中场便展开了混战，你来我往连续断球。仅一分钟，球在中线就进出了十几次，幸亏这里不比 NBA，不用计二十四秒，否则钟表都得神经错乱。

邓强既怕猪一样的对手，又怕猪一样的队友。在对集体失望后，他决定用个人实力去拯救球队，最起码也要对得起刚吹出去的牛皮。于是摇身一变，化身拼命二郎，给对方持球人以凶猛扑击。

对方显然意志不坚，纷纷让路以求保命。邓强一时激情四射，得以全面发挥，身兼抢断王、拼命王、失误王等数项荣誉于一身，风头出尽。

那几位评委深深地被邓强这股勇猛舍命的劲头所打动，当即宣布邓强被选入系队。

邓强突闻喜报，顿时双耳失聪，心花何止是怒放，简直是炸放。短暂的失聪过后，邓强对眼前所见到的，只要是有手的，一律都上前握住。整张脸仿佛是正在接受炮弹轰炸，起起伏伏堆了好几斤的笑，大有范进中举后疯掉的势头。

同时入选的还有“砝码”同学，他和邓强都是侥幸入选，于是相互报以热情的马屁去问候对方。恭维一番后又去开会，认识了一下老队员，又通知了每天的训练时间，然后各自散去。

邓强携带着喜讯，一路奔驰着往宿舍赶，迫不及待地要宣布给室友们听。预想到金豆豆听完会气得吐血身亡，邓强愈发觉得自己体力无穷，一路上几乎是跳着回到了宿舍。

然而，实际情况是，邓强一个人都没有炸到，只有关平在表面上恭维了一句，而且语气中包含了不少讽刺的成分。

邓强只当关平是在嫉妒自己，于是把这句讽刺性的恭维也一并笑纳了。令邓强想不明白的是像金豆豆这类惯于争名夺利之徒，是没有理由不吃醋的，可这次却出奇的淡定，他分析有两种可能，一种可能是系篮球队还不够牛叉，引不起金豆豆吃醋的欲望；另一种可能就是对方吃的醋太多，这次是羞于表露，也就是掩藏起来了。出于对金豆豆的了解，邓强坚信必是后者无疑。他自我欺骗后，充实了虚荣心，转而开心地去吃晚饭了。

食堂饭菜一如既往的破，但邓强今天心情好，就特意要了份炒菜犒赏自己。

关平是一路尾随邓强进的餐厅，见前盟友正在改善生活，于是假装不经意与邓强邂逅在了同一张餐桌上。关平声称这是天意，又感慨两人的缘份堪比梁祝。

邓强自认倒霉，非但要损失掉自己的菜，还要变姓再变性，化身祝英台给他作陪衬，真是失真又失身，亏得无法自拔，但话已至此，逃避不开，只好再认倒霉。

关平把肝胆相照的话说了有一大卡车，忽悠得偏爱奉承之词的邓强晕头转向。

回去的路上，关平又问邓强道：“明天系里很多组织都要公开招收学生干部了，你有什么打算没？”

邓强还在心疼那顿饭，头也没抬就漠然道：“没有，除了篮球队，其余我都不感兴趣。”

关平又道：“听说金豆豆明天要去竞选学生会副主席，而且他里面有人，那个位子他是志在必得呢！”

邓强一听，顿时酸意上涌，总算明白金豆豆为什么对自己的成就不屑一顾了，原来是还够不上他吃醋的标准。如今金豆豆已经凌驾于自己之上，踩得他喘不过气，如果再捞个副主席，估计自己会被踩得永不超生。于是邓强又转换口吻道：“我还没打算好，到时再说吧！”其实他这话是给自己留了条参加竞选副主席的退路。

邓强决定明天也去撞撞运气，就算捞不到一官半职提提士气也好。

晚上邓强打电话给林可，报告自己出人头地的喜讯。他幻想林可会说：“哇！你真厉害。不过这一切都在我的意料之中，你的确不同凡品呢！”到时自己再不吝献设计好的赞美之词，夸林可果然是慧眼识英雄，然后以英雄的姿态把林可收编。

电话打通后，邓强努力压制住极想表达的主题，把事先准备好的一通废话问题先运了出来，像什么“你最近还好吗？”“重庆的天气还好吗？”“这两天又新出什么动漫了吗？”这些废话说得邓强直心疼电话费。

终于客套完了，邓强尽量压抑住激动的语气，平静道：“林可，今大我们系篮球队选队员，结果我从两百多人的队伍中被选中了。”邓强现在吹牛皮早已没了当初脸红的资本，谎话随叫随到，害得全系人都跟着当陪衬，任凭在嘴上调遣。

邓强本以为会迎来枪林弹雨般的赞美，谁料林可更平静，连表示吃惊的语气词“哇”都省了，只来了句：“哦！那恭喜你啊！”

邓强听了这句好似上坟的话，心也在瞬间入了土。短暂的失望过后，邓强以即将瞑目的口吻谢过了林可。为防尴尬，邓强又扯开话题，询问了三峡大坝的近况，掩饰过后就挂了电话。

躺在床上，邓强又重温了刚才的失落，不禁心伤发作，疼痛难支。又想到刚才肯定花掉不少电话费，于是连肺都跟着一块儿疼。

第二天下午，逃课的人超常地增加到了十几个。有了更多人的陪同作案，邓强逃得也更加从容了，尤其是有金豆豆这个敢于执法犯法的主儿带领着，他这个小老百姓就对自己更加没有要求了。

选举的阶梯教室为扇形，是系里容量最大的一间教室，可容纳两百人。邓强进去时，座位已快被人占光，苦寻良久才终于觅得一处无人之座，飞奔过去一看，心眼欲裂，原来那座位无板儿。正要再次瞭望找座位时，听到有人喊自己名字，邓强环顾四周，发现是关平正在招呼自己过去坐，顿时心中大喜，暗想昨晚那饭算没白让他吃，还算有良心。

这一届学生会参选人数众多，加上设的部门又多，学生会为图省事，连登记也懒得登记了，直接让参选人上台自我介绍，同时申报想报的部门，以三分钟为限。

来参选的同学听后一片哗然，事先打好了几千字草稿的更哗然，直骂学生会没水平，骂累了就一段一段删稿子，几夜的硕果被斩剩了三分钟，删得肉直疼。

“大选”继续进行，创新没有，笑料却不断。有的上台都忘了报名字，东拉西扯凑够了三分钟，下了台连自己都回忆不出刚说了什么。提前在下面打好腹稿的，上台后一紧张，记忆细胞被吓死一片，临场发挥的总结起来狗屁不通，回到座位上才后悔该说的一句都没说。还有上台把社团名字也报错的，原本要说“我要报武术协会”，却擅自改成“我要报武林协会”。还好没说成是武林大会，不然非得推举他当武林盟主。到了台上一个字也憋不出来的人更是比比皆是。

邓强总结了一下这些演说词，觉得出镜率最频繁的一句就是：“大家好。”自我介绍的形式一般都是：“我叫某某某，男。”也有不一样的就是：“我叫某某某，女。”好像在变相告诉大家，我的性别用眼睛是不能看出来的。普遍拍马屁的一句就是：“希望能给我这次机会，我一定尽心尽力做好。”基本上三分钟的模板就是这样。

金豆豆的演讲极为怀旧，与上次选班长时的话如出一辙，只不过这次是把班长两个字换成了学生会副主席。

“大家好，我叫金豆豆。我来竞选学生会副主席这个职位，我自信我能胜任这项伟大的工作，因为从初中开始我就一直是学生会成员，而且在我担任期间，每一年都是校级班干部标兵和优秀团员。希望大家能信任我，给我这次机会，我一定能做好这个带头工作。”

邓、关二人对这种套话已见怪不怪，毕竟自己也是过来人。

金豆豆下台时，关平对邓强道：“这次学生会副主席肯定是他的了。”

邓强疑惑地问：“为啥？”

关平指着坐在第一排中间位置的那个评委道：“喏！那个是学生会主席。金豆豆他二哥，金不换。不让他当难道让你当啊？”

邓强气愤地望着金二哥的后脑勺下断言道：“我一看他就不像什么正经人。你瞅那脑袋，长得跟圆周率似的，多寒碜。”

关平笑着问道：“圆周率是啥样的？”

邓强也解释不出，只好继续指着金二哥的脑袋做样板道：“就那样的。”

邓强觉得既然是演讲，就应该摆脱模板的束缚。因此，轮到自己登台时一改以前的“大家好”道：“大家下午好。”问候完继续道：“我叫邓强。此次我并没有明确来报哪个部门，主要就是想锻炼一下自己的胆量。因为我觉得只要能站在这里，就是一种莫大的勇气。”一席话说完，邓强佩服这三分钟生命力如此顽强，居然还没用光，于是又现场发挥道：“谢谢各位评委，谢谢大家给了我这个舞台。”刚要说“再谢谢党和人民、工农红军”什么的，不料时间到了。

金不换抬手示意邓强下去，邓强觉得自己仿佛一下子成了小李子公公，召之即来挥之即去，顿觉脸面丢尽。

关平知道自己不会捞到好职位，于是淡出热门岗位的竞逐，参报了一个大冷门——棋社社长。

邓强觉得凭自己那几句精彩的获选感言，捞个小官儿应该不成什么问题。所以表情一派从容，坐在那儿静静地等候结果。

结果公布下来后，金豆豆果不其然当了学生会副主席。日后他将与金二哥并肩作战，估计学生会离解散的日子也不会远了，关平和邓强几乎要把气都叹断。时隔几分钟，邓强也听到了自己的名字，他被选为演讲与口才协会的会长。关平听了更叹气，外加摇头这个动作辅佐，表示邓强不配这个职务。

邓强也不谦虚，满面堆笑祝贺自己。虽说权力还不知道大不大，但好歹也是个会长头衔，名号还是不小的。邓强对自己选上这个职位一点也不感到意外，因为刚才在登台时，他就惊讶地发现评委席上坐的有好几位是系篮球队的队友，昨天刚认识的，大概自己是蒙那几位相助才得此一官。

邓强对这个靠关系得来的职位当然不放在心上，但就眼下形势而言，这个职位可以作为打击关平气焰的有力武器，直接对其造成内伤。

名单宣布完，放眼望去，被选上的都是有路子的，没被选上的都是有梁子的。关平受伤不小，当初班长那个角色没给他一展拳脚的机会也就罢了，如今自己要跳出政坛投身娱乐类项目也难如愿，此时此刻他终于切身体会到了李白曾经的那种怀才不遇的苦闷，现在心脏的左右心房都惨遭重创，千疮百孔。

金二哥宣布完名单后，又接着勉励道：“没有被选为干部的同学，请你们也不要灰心，你们依然是优秀的，社团同样也为你们提供着发展的平台。所以，虽然你们没有被选为干部，但是——，你们都可以去你们刚才所报的部门下面——当干事。”

金二哥以为自己这番话会引来群众的一片欢呼，不料却惹来众人一阵冷笑，暗示普通群众并不稀罕这个跑腿的差事。

一阵厮杀下来，关平什么也没捞到，亲眼目睹金、邓二人升迁的他，心里早已失了重心，在座位上垂着头，两眼一闭，和整个世界都树立了敌对关系。

小有收获的邓强晚上回到宿舍又想给林可打电话，但又怕领到和上回一样的失落，只好忍住再忍住。

思念是一种病，患上了就要痛。无论饭前便后，邓强都会准时思念那个影子，就连晚上做梦都是三峡大坝。常言道："一方水土养一方人。"邓强真佩服三峡这一池水，不知灌溉了几方土，牵连自己远在千里之外都跟着闹水灾。

邓强怕得了这思念病会被煎熬得不治身亡，第二天便发了电子邮件给林可。他原本想写信邮递，但怕来回时间太长误了军机大事，再三考虑还是决定发电子邮件，不仅时间迅速，还可以省下邮票钱。信的内容是：

林可，最近还好吗？自上次火车上一别已时过两个多月了，日月如窗间过马从指尖流逝，真快啊！如果这是在我们北方，现在都能欣赏到树叶集体下落的美景了。南方的秋似乎矫情许多，都这个时候了，树叶还是赖在树干上不肯走，一点儿也不爽快。呵呵，曾几何时，我也变得这般惆怅了。

对了，不知你去了神女峰没？如果去了就请转告我你之所见，我急于想知道呢；若没去就更好了，可待日后我与你同去。我的情况甚善，昨日还被选为学生会副主席。但我怕肩上的担子太重，没有精力去忙更重要的事，于是果断地把它辞了，只是担任了演讲与口才协会的会长，这个职务的工作应该不会很忙，可以腾出不少的时间陪你聊天。

回想起在火车上的那一晚，至今仍令我深深眷恋，你的纯真始终以坚定不移的信念萦绕在我的脑海之中。此刻，真想去看看三峡和你。

好了，我现在要赶着去主持一个会议，只好在此止笔。等你的回信哦。

邓强

邮件发出去后，终于减轻了思念，取而代之的是又多了份担忧，C计划的成败难以料定，一切只能听天由命。

金豆豆自打进了学生会，整日公务不断。下了课就组织同学开会，日夜操劳，恐怕联合国秘书长见了他都得感叹自己闲得慌。

邓强也想不明白金豆豆每天从哪酝酿出那么多废话，张口就是机关枪，挡都挡不住。同时他又对金豆豆羡慕不已，正所谓"一朝权在手，便把令来行"，换了他邓强一定也想过过这个官瘾。

为了验证一下自己的号召力，邓强也开始召集手下开会。邓强本以为自己的声望会大得惊人，一挥手便能荫天蔽日，当然结果也没让邓强失望，确实够惊人，前来开会的总共才七人，相比金豆豆统领的那四十名大军，邓强的队伍俨然成了游击队，根本成不了气候，而且除了一个讲话口吃的和一个结巴的，算上他自己，健康阵容只剩了六人。

邓强身为会长，虽然自己看了也失望，但还是尽力鼓励大家不要绝望，慷慨陈词道：“我们的未来是光明的，组织上安排的总路线是正确的，我们沿着这条路走一定是大有前途的。”乱扯了一通，连自己也晕菜了，而且一不小心竟扯到了长征上，他怕再说会把围剿反围剿什么也诌上去，无奈之下，只好让众人作自我介绍以拖延时间。

都介绍完毕后，邓强又说了些安抚性的话，第一次会议也算是圆满地落下了帷幕。

系篮球队那边也是挫折横生。在前两次的训练中，邓强还都被排进了轮换阵容，只剩了“砝码”同学坐冷板凳。可后来实际情况表明，他这一方的阵容中显然不缺拼命三郎，再者说参加训练的都是队友，邓强也不好意思下狠手。如此一来，自身优势得不到发挥，也就等于没了优势。又如此两次，只好被轮换下去坐冷板凳。邓强接了“砝码”的班，心生凉意。又等了两天，见还是没人来轮换自己，对系队也不就再抱有幻想了。

宿舍方面，金豆豆白天要忙着上课、开会，晚上还得赶着整理会议笔记，哪还有时间和精力再去吵架。寝室里少了这个好战分子，也就安宁不少。其余三位虽说发动不起百团大战这类大型战役，但类似于两国边境的小摩擦还是时有发生的，当然一般都在邓强和关平之间展开，二者实力相当，输赢各半。

林可方面也没什么动静。邓强等得焦急，只好自我安慰地不断假设：可能那份邮件她还没收到，中国的网络速度一向都是龟式步伐，一两年收不到也都正常；也可能是她太忙，没看到邮件。假设了几种可能都觉得不太可能，只好扼制住大脑，不再去想。

感情方面杳无音信的同时，生活方面也不顺畅。这所学校洗浴设备严重短缺，一层楼的学生共用几个喷头。供应热水的时间也很有限，每晚仅一小时，一层楼少说也有七八百人，这么一来，压力全部落在了那几个喷头上面，最后喷头也不堪重负，又死伤了一半。这下压力又全部落到学生们头上了，每到洗澡时楼道的交通都会陷入瘫痪。在这种情况下，即便是五个人挤在一起用一个喷头洗，也不可能全沾到水。

周三晚上，邓强去淋浴间洗澡，有幸抢占了一个喷头，洗得正舒服，一回头吓了一跳；身后有三人正排着队欣赏自己的浴姿，而且表情暧昧。

邓强臊得浑身发烫，刚打上的肥皂泡都差点儿被羞得脸红。他连身上的水都没顾上擦，一溜烟儿就奔回了宿舍。为了避免日后再被人明目张胆地看着沐浴，邓强只好避开众人去洗冷水澡。

这天晚上，终于等来了林可的回复，邓强迫不及待地打开邮件。

邓强：

见信原谅！这时才回复你。我最近很好，多谢挂怀。对了,还要恭喜你荣升为会长哦!既然公事繁忙就不用陪我聊天了。你我只不过是萍水相逢,是不会有结果的。再说我也不会相信火车上能相逢爱情。我的意思——你懂的。

另外,三峡大坝一切安好,你也不必挂念。神女峰我还没去,期盼着日后能让我心爱的人带我一起去。:)

好了,祝你天天快乐!官运亨通。

林可

如梦令

邓强看完邮件,最后的一丝希望也终结了,禁不住泣涕如雨,痛苦得犹如万箭穿心。他终于明白为什么古往今来有那么多人会踊跃地为情自杀了,看来不亲身体会是不会知道被拒绝的伤痛的。邓强一面泪如雨下,一面在心里默送祝福。按照电视剧的套路,被拒绝的人往往都会说一番大度的话,祝对方幸福之类,但邓强一改这些老套模板,祝福道:“愿那些去看神女峰的情侣们最好都相拥着哭死在哪个山头上。”祝福完后又不断感叹:想我峥嵘岁月二十载,这把年纪了竟连初恋还没脱手,还停滞在少先队员的水平,真对不住共青团员这个光荣的称号。一想到这么多年的团费算是白交了,邓强哭得更伤心了。

才几天光景,邓强已经颓废得不像样子。偶尔会缅怀一下曾经的暗恋,难过得直心疼。他想挖心掏肺地爱一场,却根本没人理,只能顾影自怜。邓强想到了林絮,这是他真正用心去喜欢的一个女孩,结果却被别人横刀夺爱,不,应该是自己要横刀夺爱,不幸刀没砍下去就已经钝了,算是最窝囊的夭折事件了。而林可呢?自己喜欢她应该是因为她有林絮一样的气质,她身上有林絮的影子，因为喜欢林絮才会喜欢林可。可是，如今连这个影子也把自己拒绝了。邓强不敢再往下想，他怕再想下去，难保不会得出自己根本不招女孩子待见这个结论。

有人说："爱情，要么让人成熟，要么让人堕落。"大文学家罗曼·罗兰在经受同样遭遇后，认为不能因为失恋而失去对生活的勇气和热情，于是全身心投入到创作中，经过十年构思、十年写作，终于完成了轰动世界的文学巨著《约翰·克里斯多夫》。邓强想文学大师都难免会被拒绝，可见感情的根本不是优秀就一定畅销，反过来讲滞销的也不见得不优秀。他手头的恋爱宝典上都说爱情要建立在一定的物质基础上，彼此要有共同的世界观、人生观和共同的生活理想，还要彼此爱慕。静下心来细想后，邓强终于明白自己的恋爱失败当属必然，纵使侥幸扭到这只瓜，在手上也不会停留长久。到这个时候，他才意识到，也许只有在某些方面实现了自己的人生价值，才会慢慢遇到那个有"共同理想的人"，况且自己只是失恋，并不是永远失去爱的权利，实在没有理由为此沉沦。想通了这一点后的邓强觉得无比舒畅，他决定给林可写封回信。

林可：

来信已阅，感谢你的坦诚，也请原谅我的冒昧。我不知道对你的好感是否或者何时会消失，但这些对我来说已经不重要了，我想我应该把精力投入应该做的事情中，也许在女孩子眼中，努力上进的人才值得去依靠。很感谢与你的相遇，记得席慕容在《无怨的青春》里说：

“不管你们相爱的时间有多长或多短，若你们能始终温柔地相待，那么，所有的时刻都将是一种无瑕的美丽。若不得不分离，也要好好地说声再见，也要在心里存着感谢，感谢他给了你一份记忆。”这便是我写这封信的初衷，即使我们没有相爱——哦，不，只是一厢情愿，但这份感谢却是相同的。“爱”这个字太重，我还不能承担。我想终有一天我会领悟它的涵义，只是不是现在。祝你一切都好！

友 邓 强

信发出去后，邓强不再去想林可看了会有什么反应，呆了半晌，想到《傅雷家书》中有一段写给大学里儿子的话说：“学问第一、艺术第一、真理第一——爱情第二。”眼下排第二的已经结束，他决心要把学习放回首位。

此后几天的课邓强破天荒坐进了前两排，同学们都猜测这厮一定是最新的入党积极分子，他这么做是要在各科老师面前露露脸。邓强并不理会别人的看法，他努力适应老师的讲课方式，课下还会整理笔记完成作业。

前两天应用文写作老师布置了作业，让写两则启事，邓强奇怪这类东西不用的时候电线杆上糊成一片，要用的时候却又百觅不见。他去图书馆查资料，管理员让他出示学生证，他第一次光顾当然不知道还有这程序，笨到又回去请学生证。

进了图书馆一阵凉爽，邓强这时才明白同寝室的赵汗青为何会整天匿在这里，原来这里是个避暑胜地。图书馆里的书不是最抢手的，座位倒是被争得最凶，多数都被固定的人长期霸占，即使人不在座位上也会用物品代替着，那些安静的物品仿佛在替主人无声地宣示主权。站了十几分钟终于熬走一个，邓强疾步过去准备填缺，左右隔壁的学生见位置空了，胳膊上像装了磁铁，相互吸引着往这个空位靠拢，只留了一本书摊开的距离给邓强。

邓强把自己塞进座位，诧异两个邻居居然对自己的出现浑然不觉。他刚要把书摊开，发现桌上有几排字。在邓强的印象里，伟人的字都是出现在墙上，只有那些光拥有伟人的气势却没有伟人本事的人，字才会出现在桌子上。邓强把脸凑上去仔细分辨，终于看清上面写着：

如梦令

常恨大学已墓，昏睡网吧深处，

惊起猛回首，昨夜梦游前路。

无助，无助，自悔光阴虚度。

——迷途学子马后炮顿首

上边还有好事者用红笔把‘墓’给圈起来改成了“暮”，写了一行小字：“华北才子戴舒畅斧正”。

邓强猜测这位马兄一定是平时娱乐过度，临毕业幡然醒悟，要通过这首小词来劝诫后来人，但出现错别字实在是太不应该。这位“马大哥”的字扁得像脚蹬子，邓强眼前浮现出了一个已经瘦得只剩一根脊柱的学长的形象。他想起以前读高中时班主任说过长期沉迷网络的人和吸毒的人身形极为相似，既然这位马兄连睡都睡在网吧里，怕是惨得只剩几根肋条了。他又想起自己何尝不是在虚度光阴，不禁问起了自己：几年后我会不会也发出这种悔恨？他正要往下想，却听到有人小声叫自己。邓强一抬头，原来是隔了一排桌子的赵汗青正跟自己挥手，赵汗青满脸的惊讶告诉邓强，显然他没有想过邓强会出现在图书馆。邓强怕他要激动得再讲话，忙向他扬扬头，赵汗青还在朝自己傻呵呵地笑，邓强怕这么延续下去会让人误会赵汗青精神出了问题，便赶紧招呼他过来看诗。赵汗青步子大，三两步就跨了过来，邓强指了指桌子上的那几排字，身子往后闪了条缝出来。赵汗青深度近视，三十厘米外看字都是盲区，只见他猫下腰把头放在两条胳膊中间，刚猫下去又挺起来，压低了声音说："我早看过了，那边还有，走，带你去看。"说完又拉着邓强走到自己桌边，原来，他的桌子上也有一排字，不过比马后炮的字漂亮，这是一首十六字令：

十六字令

天，沧海尽头渺人烟。重修日，魂断斑马线。

邓强连着看了好几遍，前面一句一袭古味，读着也爽口，却被后面一个"斑马线"彻底搅乱了"方阵"，再一看署名"破破"，就有点破罐子破摔的意思了。邓强醒悟过来指着赵汗青说："是不是你写的？你不会是挂科挂得要去自杀了吧？"

赵汗青努努嘴，无辜道："我还没考好不好？"

邓强用手指在空中点点，再触触下巴，点头笑着说："是的哦。不过要是真发现你在桌上刻字，我一定会举报的。"说完他往回走，却见座位早已被人占去，那女生倒不怕害近视眼，头贴着课本恨不能埋进桌洞里，头发从四面八方散下来，上演着万条垂下“黑”丝绦的奇景，原先用来占座位的物品已经被推到了书桌中间，分不清在为谁宣示主权。邓强思忖凭自己这点手段绝不可能把她从座位上拖下来，多说也无益，拉回书放到书架准备回营。走到赵汗青的位置旁拍了拍他的肩，告诉他自己先撤。赵汗青合上书站起来说：“一起走吧。”邓强心里突然滑过一丝暖意，自来这里后很长一段时间自己都是独来独往，有时下晚自习走在路上，被夜色衬得像孤魂野鬼，他比谁都渴望一份友情，哪怕只是一起聊聊天、打打饭、走走路。在这时的邓强看来，爱情是一种寄托，而友情则是一种相伴，就这么简单。

一出图书馆门赵汗青就问：“今天怎么想起来这里？少见啊！”

“还不是为了那两篇启事，我最擅长的是写征婚，但怕交上去老师给当众读出来，万一被别人相中就不好了。”邓强自嘲道。

“得了吧！”赵汗青轻笑。

“你呢？来图书馆干嘛？”

“我从高中起就一直喜欢呆在这种地方，以前不能借闲书，只能趁课余活动去看，现在自由了，不能浪费了机会。”

“喜欢看什么书？”邓强问道。

“三国、水浒，福尔摩斯，八卦野史，等等等等吧！”

“天上一脚地下一脚啊！”

两人齐笑。

“你呢？喜欢什么类的书？”赵汗青问。

“我课外书读得很少，以前学校图书馆号称藏书几十万册，可一本都没见过，还真是‘藏’书，班上同学也没听说过有能借到书的。我爸以前喜欢看《三国演义》，这可是我家里唯一的一本藏书，我也跟着看了一点。”

“你们什么烂学校啊！《三国演义》里你最喜欢哪个人？”

“小乔。”邓强如实回答。

“能不能暂时收起你的本性，说点有建设性的。”

“我挺喜欢吕布的。”

“哦吆！大色鬼啊！”赵汗青笑说。

“其实我觉得他挺重情义的，攻破徐州不杀别人妻小，身陷囹圄不弃妻儿，除了头脑简单一点外没什么缺点。比刘备好多了，刘备为了保命抛弃妻子，当着兄弟面说‘兄弟如手足，妻子如衣服’，背地里难保没讲过‘兄弟如衣服，妻子如手足’这话。”

赵汗青还是第一次听到这种见解，也疑问地说：“是哦，以前怎么没觉得？”

“那是你被那些专家的见解给牵制住了，好人坏人还得要自己分。”其实邓强《三国演义》读得也不全，他的这几条见解都是老爹传授的，因怕赵汗青会再问，邓强便反问道：“你喜欢里面的哪个？”

“鲁肃。”

“为什么？”

“老实、厚道，不比诸葛亮那么有心计，整天想着算计别人，怪不得他要死得早。”

邓强质疑说：“是鲁肃先死的吧？”

赵汗青见假话要被揭破，转变战略说：“哎！好人不长命，祸害遗千年啊！”

邓强反驳道："这话没道理，按这种路数分析，刚出生就夭折的婴儿那算得上是世界上最好的人了，老了不去死的难道都成了祸害？"

赵汗青怪他老抬杠。

邓强说只是在就事论事。

两人就这么驳着、笑着回到了寝室。

刚进门体育委员就扑了上来，拉住邓、赵的手直喊救命。体育委员身材匀称，头却奇大，关平曾经背地里分析说这是只动手不动脑的典型特征，身体运动不能同步到大脑，脖子里缺少链条反应，这是卡壳的表现。其余部位尚好，脸部清秀，眼睛明亮。可能由于当年他的双亲沉迷于古龙武侠小说的缘故，挺好的男生却取了个名字叫李红袖。

两人问李红袖来有啥事，李红袖苦着脸说校运会马上要举行，自己拉不到人。

邓强说："系里这么多人，哪有我们参加的份？"

李红袖无奈道："大学不比高中，大家连观众都懒得去当，更不要说参加。我刚去隔壁的2516动员，2516的各位竟然集体拉肚子，说再去跑步担心会二度脱水。"

一旁的金豆豆狠捶了一下自己胸口说："我也是多灾多难，刚刚下楼梯时不小心踏空了，脚脖子扭到了，不然我肯定第一个站出来。"

邓强惊奇这厮连装也要装得这么大义凛然，便直接屏蔽掉金豆豆，跟李红袖说："具体项目定下了吗？"

"没，几个体委商量一会儿抽签把项目分摊给每个班，兄弟几个可不能掉链子哦。”

邓强不愿和金豆豆同流合污，大气道：“没事，没人我补。”说完捅了捅赵汗青。赵汗青会意道：“我也补。”关平当即表示也愿参与其中。

李红袖一阵感动，当下表示要请大伙喝汽水，三人像随从般屁颠屁颠又跟着李红袖跑到楼下。喝完了汽水，邓强知道就算李红袖让他们仨去扔链球，也不可能拒绝了。

其实邓强在初中的时候也曾参加过运动会，当时报了个1500米长跑，不过因为没经验，开始冲得太猛，最后被倒数第二超了好几圈。他本想学习巴塞罗那奥运会时德里克·雷德蒙德的精神，坚持把比赛跑完，不料体育老师把他拦了下来：“你别跑了，省得耽误下面的比赛。”这种奇耻大辱在他的人生中虽不多见，但从那次经历中他懂得了有时候书本上鼓吹的精神搬到现实中，演变过来的可能就是无限的愚蠢。

所以这次邓强告诉自己，绝不报长跑。

回到寝室后三人还在热烈地议论运动会的事，金豆豆倍觉孤立，心头猛起一股醋意，酸酸地对三人说：“我在学生会听说上届有个学长参加110米栏，哎哟喂！那是一路狂踢啊！过了的栏根本没有立着的，跨过去的三个全断了，可惜了，都是新买的器材哟！跨最后一个栏的时候，整个人都跟着下去了，脸都跌青了，惨啊！我奉劝某些同学要量力而为。”

三人受了讥讽更不愿搭理金豆豆。金豆豆本想拿这番话击垮他们的热情，不想却被二次冷落，自己都觉得讨厌，只得讪讪地翻身上床准备大睡一场。

热血青春

下午李红袖握着一卷纸来到宿舍，进门就兴奋地说："项目定了，这次我们运气好，抽到的全是好项目。"

邓、关、赵三人凑上来看："100 米短跑，汽检(1)班 2 人次；4×400米接力，汽检(1)班 4 人次；3000 米长跑，汽检(1)班 1 人次；标枪，汽检(1)班 1 人次。"

三人看完脸都青了，异口同声道："你李红袖是不是走路走傻了，这也叫好项目?"

赵汗青首先发难："100 米短跑要拼爆发力，一个预赛下来三天都难缓过来。"

邓强又接着道："还有这 4×400 米接力，本来 400 米就是最难跑的，要用短跑的速度来完成一个长跑的距离，你还拖上四个人，这不是要命嘛！还有！还有！"边说着边点着李红袖手上的纸，"这 3000 米——都够跑回我老家了，你去跑吧！"

关平本来也跟着谴责，见体育委员耷拉着脑袋，加之中午刚喝了他的汽水，心头一软，没好意思再接着奚落，一巴掌拍到床架子上："你丫今儿出门忘记烧香了吧?"

李红袖为自己辩护说:“其实也还好啦!汽车制造专业里有个运气背的抽到了7.26千克铅球,这种重量的球甩出去,难保不把脊柱推回去几公分,知足吧!”

李红袖问邓强这些项目里有什么擅长的。

邓强道:“相对来说我比较擅长短跑。”顿了顿,又接着道:“50米以内的。”

三人都骂他奸猾。

李红袖说:“标枪行不?”

邓强迟疑一下说:“没扔过,小时候倒是跟我爸抡过两下大锤,跟标枪不是一个原理吧?”

李红袖当即拍板:“就你了,这里数你最有经验。”又接着调度道:“4×400米接力我们每人一棒,这个不能推脱,100米短跑我跟班长两个人上,至于这个3000米——”李红袖故意拖着长音望向邓强,邓强早料到会有这个问题,提前把赛程表端在手上作认真阅读状,仿佛没听见李红袖的话,自顾睁大眼睛研究已中标的标枪和4×400米接力在时间上有没有冲突。

关平没抢到赛程表,右手的食指和中指正模仿脚在桌子上走路,听到李红袖的“3000米”后,顿时化身植物人,整张脸仿佛时空静止,嘴巴张大似笑非笑。

李红袖扬了扬嘴角看向赵汗青,赵汗青刚要垂下头去装聋,不想个子太高,头在低下去的过程中恰好被李红袖的眼神拦住,四目相对,赵汗青没忍住笑,往李红袖胸口打了一拳,豪气说:“我跑了。”

“霸气!”李红袖赞道。

“爷们儿。”

“伟丈夫。”

邓、关两人活了过来齐声夸道。

运动会期间全校放假三天，第一天上午是开幕式，下午有标枪比赛和100米预赛。标枪进行得最快，运动员像流水线出货，不到一个钟头便完成了一轮。邓强前两枪没扎在地上，第三次想借个助跑来完成，旁边的监督老师提醒道：“当心别伤着人。”

邓强先慢跑两步然后加速，离线还有一步距离时双脚腾空，奋力一掷，枪应声着地——扎上了。旁边观众群中有人惊呼道：“哇！破纪录了！”

邓强定睛细瞧，不由得暗骂丢人，原来他只是破了自己的纪录。

100米预赛那边，还没轮到李红袖所在的小组。李红袖穿了一套黄色紧身运动服，这下把头衬得更大了，每有风吹过都叫人担心他的头会坠下来。

跃跃欲试的李红袖见邓强过来，便问邓强结果如何，邓强叹了口气说：“晦气，扔了个第四名，可惜没有奖状。”

李红袖安慰道：“胜败乃兵家常事，瞧哥的。”

邓强给他揉了揉肩膀，又鼓劲道：“加油！”

李红袖也不热身，上去就准备跑，只听得发令枪一响，二十米内确实难分先后，等到跑到大约四十米的时候，赵汗青见一个黄色身影轰然倒下，忙问邓强是不是李红袖。

邓强道：“不是他还是谁？穿得那么鲜艳。”

赵汗青又道："是不是跑不过装的？"

邓强伸长了脖子边瞅边说："不像，还打滚呢。"两人说着就往李红袖那边跑。

邓强学着打球抽筋时施救的样子，跑过去把李红袖弯着的腿掰直，双手一顿猛搓，赵汗青见状也上去一起揉，揉了快一分钟才听得李红袖咬着牙说："错了，另一条腿。"

邓、关、赵三人抬起李红袖往回走，邓强和关平拽着两条胳膊，赵汗青提着一条腿的脚踝在前面开路。李红袖剩了一只脚走也不是、悬也不是，就这么踮两步悬两步回了寝室。

除了班长那边100米进了复赛，邓、李两个项目全军覆没。

第二天的4×400米接力，班长说要顶替李红袖出战，李红袖说自己来参赛绝对没有问题，昨天只是运气太差，不然肯定能杀进三甲，又说班长还要在今天的100米决赛里冲名次，需要保存体力。商量到最后决定由李红袖来跑第一棒，说即使落后了，后面三个人还能补救。李红袖怪众人小瞧自己，拍着胸脯说自己曾经在小学参加越野比赛，摔进两米深的沟里爬出来后还跑了个全校第一，现在这点小伤根本微不足道，自己要跑最后一棒才符合体育委员的身份。

邓强干脆主动要求跑第一棒，赵汗青骂他没骨气，他自我解嘲道："反正我们四个人中总归要有个没骨气的。"

眼见着四人争得乱了套，关平大吼一声说："每一棒都很重要，就这么决定吧，邓强跑第一棒，李红袖接第二棒，我来跑第三棒，赵汗青压最后一棒。"

邓强如愿分到第一棒，又怪关平小瞧了自己，吵着要跟赵汗青换跑最后一棒。赵汗青只得作狠地威胁说再争四棒都由邓强来跑，吓得邓强不敢再言语。

邓强的运动服刚洗了没干，只好跟赵汗青借，赵汗青从皮箱里拽出一条大短裤，紫得吓人。

邓强便笑着说这是林平之喜欢的颜色，赵汗青便伸手去夺，邓强往后一缩，逃到了隔壁。套上之后左右端详，横看竖看都像七分裤，裤腿的洞又大，走起路来像穿着裙子。他实在不想像李红袖昨天那样穿得那么鲜艳去丢人，就找赵汗青去换，赵汗青索性把皮箱拉开给他看，看着已空空如也的皮箱，邓强也只好套上了这条紫色短裤。

经历了昨天的马失前蹄，李红袖早早地就到比赛场地热身。邓强看他压腿、劈叉，提醒他劈不下去不要勉强，当心肌肉拉伤。李红袖却不爱听，吹牛说以前一字马能贴在墙上，邓强笑道："得了吧，骑在墙上还差不多。"

抽签邓强抽到第一跑道，看着别人都排在前面心里直发急，同时又对自己没争第二棒有点小后悔，毕竟起跑压力大。同组的是艺术系、环化系和经济贸易系的运动员，一个个黑得像煤球，四肢健壮，个头稍矮，看上去就是那种充满力量的小墩子，邓强在无形中感受到了这些"墩子"的威胁；正绝望着，却见有一个四肢奇白，脸蜡黄，个头高，身材苗条到离谱，篮球服穿在身上像一根杆子在撑着的对手，邓强暗忖：也许这个还可以咬住。至于另外一个看上去和自己差不多的对手，邓强根本就没放在眼里。

关平告诉邓强，等发令员一喊完"各就各位，预备"，自己心里默数两秒，枪响前就得蹿出去，这样就能赢在起跑线上。邓强听完又开始紧张了，他生怕拿捏不好时间，便拉赵汗青来跑第一棒，赵汗青捏着他肩膀让他放松，只管尽力去跑。

同组的三人都是蹲踞式起跑，邓强不会，又不好意思蹲下去，就这么站着准备。发令员喊完“预备”，邓强赶紧默数，刚数完“1”枪就响了，也顾不上在心里骂关平，撒丫子就跑。前 100 米还觉得腿是自己的，渐渐地开始有些不听使唤。不一会儿鼻子又遭到了抛弃，他只能用嘴呼吸了；再跑 100 米后邓强感觉喉咙似乎消失了，脸上的肉也已不受自己控制，上下乱摆；最后 100 米时他气都快接不上了，肺里面灼热得恨不得出来凉快凉快，此刻他也没心思去看其他跑道上的运动员了，只是靠意志在跑最后的距离。

接棒区的李红袖见邓强来了，自己赶紧先往前跑，邓强越快他也越快。邓强急得又去追李红袖，多跑了好几米，终于把棒子塞了出去，自己往操场中间一滚，也不顾脸了。

李红袖摇晃着大脑袋在风中疾驰，过了第一个弯道四名运动员都抢进了第一道，抢完道后李红袖放弃了正确的摆臂动作，两个手臂在空中乱扑，后面的运动员想超又不敢超，怕被伤到。跑到最后 50 米时，李红袖上身和腿好像脱节了，腿上前跨一步然后才带动身子再向前挪一步。交完棒后他也学邓强往操场中间一滚，仰躺在地大口喘气。

邓强刚缓过劲来，见李红袖累得像只土狗，便过去扶他起来慢走，李红袖哈出的热气全扑在邓强脸上。邓强告诉他慢点喘，空气有的是。

第三棒的关平耐力不弱，300 米内不见减速，脸部表情也没有邓、李那么夸张，看上去像平时晨跑的状态，他交棒时已把原来的第二名甩出了 20 多米。

压棒的赵汗青双脚倒换的速度虽然显慢，但他腿长，步子巨大，一步几乎顶别人两步。就是人太高，骨骼略显僵硬，跑起来像是机器人。他跑几步就用手扶一下眼镜，急得李红袖直骂他糊涂，这么重要的比赛还戴眼镜来添乱。邓强替他辩解说："不戴眼镜他能直接跑出赛场，到时恐怕要把棒子递给别的队了。"

还剩最后 50 米时，赵汗青摘获小组第一已无悬念，他领先第二名 20 余米。艺术系一位参赛同学还跑丢了一只鞋子，也没顾上去捡，结果一只脚上是白袜子另一只脚上是黑鞋子，成了赛道上另一道风景。

赵汗青撞完线，把棒子丢在一旁，人仰躺在地，四肢不动唯有胸口上下起伏。邓、李兴奋地扑上去庆祝，感叹胜利来之不易。关平走过来理智地说："先不要高兴得太早，我们只是小组赛拿了第一。"

三人把赵汗青拉起来一起到记录员那里看成绩，汽车工程系果然只是位列第四，又无缘奖状。李红袖挺着大脑袋红着眼眶对三人说："对不住，让兄弟三个白跑了。"

邓强拍拍他的肩膀说："重在参与，再说咱兄弟几个能并肩作战，情义无价啊。"

关平和赵汗青也自我安慰道："体育精神重在参与，咱不在乎名利，往后还有的是机会。"

几人强打精神正要回宿舍，却见刚才的裁判员大步流星走到记录员那里说："第一小组的机电工程系和计算机工程系在第三棒交接时相互弄错，前两名的资格被取消，排名依次前推。"

四人闻声顿时尖叫着拥抱成了一团，感慨奖状来之不易。李红袖呲着牙在操场上又蹦又跳，旁边几个队的学生大为诧异，嘀咕说："得个第二能庆祝成这样真是头一次见。"

这一刻，邓强终于体会到了努力奋斗获得成绩的瞬间是多么美妙。

3000 米长跑在第三天上午举行，关平建议赵汗青模仿《第一滴血》里的兰博，在头上扎个头巾，这样才有王者归来的气势。

邓强推翻道："不行，万一到时跑个倒数第一反而会沦为千古笑柄。"

关平责怪邓强打心底就对赵汗青没有信心，邓强道："只是保险起见，凡事总要留有余地吧？"

赵汗青道："还是邓强说得有理，关平你小子尽出馊主意让我出丑！"

三人说话间就到了操场。

李红袖提了半桶水正在操场边等着，水桶里还有个不锈钢饭盒，三人不解地问道："这是干什么？"

李红袖说："长跑中途要补些水的，不然熬不住。"

赵汗青疑惑道："我以前看别人跑不都是递湿布的吗？"

李红袖为难道："宿舍里除了袜子再没有小块儿的布了。"

赵汗青听了一阵哀叹，邓强和关平直嚷嚷着要去把水提满，李红袖在旁边笑。赵汗青道："一会儿哪个敢往我身上泼水，下来非揍他一顿！"说完还伸出拳头比划了几下。

3000 米的比赛开始了！开始两圈赵汗青混在大部队中间，邓强分析说："这种长跑刚开始就是不能冲得太快，跑在前头的一会儿准先没力气。"

关平却道："依我看现在的队形就是比赛的结果，后面的估计没戏。"

李红袖一脸坚定地说："赵汗青肯定是在保存体力。"关平见他说得认真，没再言语。

又跑了两圈，赵汗青还跟在大队中间，只是跑步姿势略有变形，脸上表情全无。再跑两圈，他彻底沦落到了最后那一小撮里，双腿只是机械地在轮换，背后湿了一大片，此时队形也渐渐稳定了下来，运动员像在排队一样固守自己的位次。

不一会，赵汗青和旅游涉外系一个队员并肩齐驱在了倒数第一的位置上，那名队员身形极像土行孙，步子迈不到赵汗青那么大，却轮换得能让身体跟上。

看台上三人不忍再看，李红袖推说先把水桶提上去再回来，离开了看台，邓关二人叫他速去速回。

跑到最后 200 米时，其余人都完成比赛了，赵汗青和"土行孙"同时突然发力，赵汗青瞪着眼往前猛冲，"土行孙"双腿倒得像螺旋桨。

关平手捂额头说："这哥俩怎么还来劲了？早干嘛去了？"

邓强苦笑道："这么大号的丢人方式真是前所未见。"

这时场边的观众已开始鼓掌，欢呼着把俩人送到了终点。

李红袖赶过来连声发问："怎么了？怎么了？我错过了什么？"

邓强笑道："你错过了最精彩部分，容后分解吧，先去接人。"

邓、关两人架着赵汗青在操场边慢走，赵汗青两条腿半瘫似地在地上拖着，双眼紧闭，弱弱地问道："我第几名？"

邓强说："名次不重要，关键是你刚刚的表现已经震惊了全场，这就足够了。"

关平在旁纠正说："是雷翻了全场。哎！哎！真不晓得你是不是给什么刺激了？都垫底了还来个冲刺，真够新颖的。"

邓强怪关平讲话太毒，替赵汗青辩护道："这么难跑的比赛能坚持下来已属不易，再说那也不是垫底，最后不是超了一个嘛！"

李红袖听了个大概，然后说："算了，算了。赛都赛完了还有什么好说的，这个结果已经很不错了，我开始都以为他坚持不下来的。"又指挥道："先把这个'僵尸'运回去再说。"三人轮换着把赵汗青架回了寝室。

晚上精神都提上来后，几人围坐在一起回味运动会期间的搞笑事迹，吹牛的兴奋驱走了跑步的疲乏。

接下来的一周，邓强觉得整个人像是被抽去了筋，在教室里坐着骨头疼，在路上走着腿又疼，问赵汗青有没有这种痛苦，赵汗青说："没有，现在感觉身体还不是我的。"

邓强一听急得要拉他去医务室。

赵汗青抬手揍了邓强一拳，他是要以此来证明自己的健康，俩人开心得像刚结到玩伴的小学生在路上一阵追逐。

谁的青春不是一本小说

这一段日子以来，邓强觉得在赵汗青身上获益良多，正所谓近朱者赤、近墨者黑，看来这话还是很有道理的。以前除了军训那一段时间被逼得要早起，此后的他还从没见过日出是什么样子的，每天从床上爬起来都已是日上三竿，上课更是踏着铃声准时进教室。但这一切，因赵汗青而改变。

以前有时在去教室的路上会遇到本专业的同学，邓强会听到他们在后面小声嘀咕："咦？前面不是汽检(1)班那个叫邓什么的来着吗？"

"完蛋了，他都在咱们前面了，要迟到啦，快跑！"

他这样被人当作要迟到的标杆，当然是深觉耻辱，也曾经励志早起了两天，却终没敌过床的魔力。如今每天被赵汗青拖着早起去跑步、自习，渐渐地也开始习惯这种日子，而且惊喜地发现早上这段时间利用起来意义巨大，仿佛是废书堆里又寻获佳作，弥足珍贵。同寝室的关平对邓强的变化感到非常不可思议，他常常质疑邓强的手表是不是坏掉了，说着便开玩笑地夺过去验证。相比之下，金豆豆的失落则比吃惊更多一些，迟到榜上没了邓强的名字，班务日志似乎也就失去了一半的价值，但金豆豆有“千金散尽还复来”式的自信，他认为邓强的名字迟早还会回到日志上面来，一切只是时间的问题。

这个本周五下午没课，关平和赵汗青分别去了就近的亲友家，邓强不喜欢和金豆豆独处，吃过晚饭后又去图书馆消磨了一阵，出门时恰巧遇到了外系的一个外教。邓强一见老外，血压“噌”就上去了，他认定这次机会难得，打死也不能错过。他觉得曾在心里无数次演练的对白“What's your name? Where are you from?”这下终于能派上用场了，于是壮着胆伸手便上去握。

那外教开始一脸错愕，又见邓强一脸害羞，他估摸这小子八成是个来练对话的，于是笑着握上去说：“hello！”

邓强一听顿觉眼前一黑，本来他在脑海中设计的场景是自己先发问，“What's your name?”都已经停在嘴边待命，不料却被外教先说了个“hello”，场景一下乱掉，自己的话也不知道被顶到哪里去了，他在心里暗暗叫惨——这外国人太不守规则了，根本没按英语书的套路走哇，无奈之下邓强只好僵着说：“嗨——嗨喽！”说完又想不出下文，慌张写了一脸，那外教一脸无辜地等邓强接着往下说。

邓强急得手心开始往外沁汗，以前背那些汤姆、李雷的话无数，关键时刻偏一句也想不起来，最后他只好硬着头皮把汉语译成英语说：“I can——哦，不。Can I practice——”糟糕，“对话”又不知道怎么译，只好换个相近的单词接着道：“talk——哦，不对，应该是talking，practice后面要加ing的。”他一边凑单词一边改错，讲到 practice 的用法还一脸自豪。最后终于拼成个句子，有没有错误也不管了，赶紧先送出去应应急，又重复了一便道：“Can I practice talking with you?”那外教善意地用流利的中文说：“不急、不急，同学，你确实该练练对话啦。”

邓强一脸尴尬，不知该怎么回答。那外教接着道：“学校里有个英语角，那儿环境不错的，我想对你会有所帮助。”

邓强没敢开口，只顾着点头。外教又说道：“我还有件事要去做，今天不陪你多聊，加油！勇敢的孩子。”说完拍了拍邓强的肩，“bye-bye！”

邓强终于听懂了这一句，马上用另一个词演绎出来说：“Sayonara！”说完朝着外教的背影得意地挥挥手。

晚上回去后，邓强在赵汗青桌上意外发现一张高中时的代数卷子，他诧异以前见到就会厌烦的东西如今拿在手里会觉得亲切，看过两道题后竟提起笔开始做了起来，也不知是能力有所提升还是题目难度有所下降，做过大半竟没觉得有阻碍，抬头看时间快接近凌晨，赶紧翻身上床。

早上醒来邓强晃了晃头，顿觉精神百倍，见金豆豆还窝在床上，回想起当初被金豆豆的电脑吵得睡不着，邓强想把脸盆在地上摔两下震醒他，却又有心无胆，盆子举在空中又摔不下去；走到门口想踹两脚门来示威，摇摇头又放弃了，感叹着自己做坏人还没入门，蹑手蹑脚出了寝室。

中午回来见金豆豆还窝在床上，仿佛提前进入了冬眠。邓强坐下来刚要温书，猛想起金豆豆的睡姿和早上离开时并无两样，赶忙起身叫了金豆豆两声，却不见动静。邓强又扔下书过去摇他，金豆豆顺着邓强的手势翻过身来，脸颊红得像刚让人揍过，邓强一摸他的头，热得都快能烤番薯了。

邓强慌了神，忙去隔壁请援兵，隔壁的门锁着，他想凭一己之力驮金豆豆去医务室，可是自己的力气扶起金豆豆半个身子已是极限，如果强行去背，难保不会在路上把金豆豆摔伤。邓强从楼道紧急拉了一个同学来帮忙，二人简单地给金豆豆套了两件衣服，横抱着把他送到了医务室。

挂了半天水，金豆豆高烧渐退，清醒过来直跟邓强道谢。邓强怕他尴尬，忙道："不用客气，完全是人道主义。"金豆豆一笑，两人开始比赛着沉默。其余几个病人都在跟探病的说说笑笑，仿佛这屋子里病的只有邓强。

邓强抹去平时恩怨，问金豆豆饿不饿。

金豆豆感动得泪腺失控，抹了抹眼眶说："早就饿了，一直没好意思讲出来。"

邓强笑道："你呀，有本事就应该继续扛着。"

金豆豆有气无力道："你是个刀子嘴，什么事情都要借机损一顿，其实心却软得像豆腐。"

邓强出去给他买吃的，回来后见金二哥正坐在床边慰问，相互介绍后，金二哥感激地强拉过邓强的手致谢，被金二哥的大手一攥，邓强像个受惊吓的小姑娘，忙不迭地把手往回抽。

金二哥不愧是做行政的，讲话不脱领导风格，和金豆豆说话也是一句话要分几点来说明，邓强听得要睡觉，起身跟他们告辞。

邓强立志要学口语，但闭门式的哑巴英语总归不行，他在英语角憋了三天都没敢说一句话，第四天拉赵汗青去练，开口第一句就是“What's your name”，被赵汗青骂有病。俩人练了几天觉得自己的口语水平实在有限，开始去图书馆借口语书看，有时上街碰到老外还会背后跟踪，见和中国人说话就凑上去随时充当翻译。英语课上还积极回答老师提出的问题，被叫起来不管能不能回答先来个“pardon”，制造对话机会，然后能答的就答，不能答的说“I don't know”。经过一段时间的操练，虽然口语讲得还是磕磕巴巴，但邓强明显感到日子过得充实了起来。

终于熬到又一个周六，邓强满以为能贴在床上大睡一场了，不料却被一阵铃声惊醒，他下意识去摸手机，在他的记忆中自从来到这儿就没怎么用过它，除了仅有的几次和老爹的通话外，难得还有外界朋友会记得有邓强这号人物。邓强见是个陌生号码，并没赶紧去接，他猜是办假证或是借高利贷诈骗的骚扰电话。可是过了好一阵子铃声也没有断的趋势，想来办假证的断然不会这般执着，邓强便摁了接听键。那边显然已经没了耐心，邓强还没把电话放到耳朵旁，声音已先从里面钻了出来。一听是个女的，心中大起疑惑。

那边道：“是邓强吗？”

邓强小心地说：“是啊，你是谁？哦，哪位？”他尽量把话说得书面些、礼貌些，那人一听，微怒道：“我的声音都听不出来啦？没良心啊你！”

邓强吓了一跳，努力回想自己的初中、高中生涯，觉得除了自己被人负过外，并没做过什么负心之事，只得又试探地问：

“你到底是——谁呀？”电话那头已经由失望到了绝望，既然自己不会像特洛伊战争里的海伦一样让人容易追忆，就只能尴尬地自报家门了：“我是——嗯，胡贝贝。”原来是胡贝贝在装神弄鬼，邓强在吃惊之余也长舒了一口气，在他心里胡贝贝的这个电话和代办假证打来的基本没区别，便敷衍道：“哦，你呀。”他本想说“原来你还尚在人间”，又怕会惹恼她，于是临时改口道：“怎么会想到给我打电话呢？不是系统故障吧？”

胡贝贝道：“哪能呢？就算故障也不会直奔你家呀，我这不是关心关心疾苦中的人民嘛！给你们送点温暖，证明党和人民从来没忘记过你们。”说完就发出了邓强已久违的笑声。

邓强懒得听她胡扯，可又不好意思直接挂掉，只好转移话题问胡贝贝在大学情况怎么样。

胡贝贝好像早就准备好了这个问题的答案，倒麻袋似地把自己怎么横扫系里几个重要职位的经历绘声绘色地描述了一遍，还说自己是美貌与智慧的化身，现在在系里是系花，就是不常在校园里走动，否则肯定荣膺校花无疑。胡贝贝所说确实不假，她在系里揽了几个职务而且还被尊为“花”。这倒不是因为胡贝贝才貌出众，而是因为她报的是机电工程系，这种工科的和尚系整天盼都盼不来个雌性，终于来了一个怎能不加以爱护，就算来者丑得像只麻袋，也能享受不一样的待遇。

邓强本想跟胡贝贝搏斗一番，把自己的事迹夸大来压倒胡贝贝，但睡意迫使他要强行挂掉电话。为了尽早结束通话，只好顺着胡贝贝的话帮她夸张，胡贝贝听得也兴味索然，便转了话题小声问邓强：“喂！你有女朋友了没？”

邓强一惊，为防她对自己还有什么非分之想，小心地答道："有了，怎么啦？"

胡贝贝那边好像长舒了一口气，过一会儿又郑重道："哎！这我就安心了。"

邓强听得云里雾里，问道："你没事吧？我有没有女朋友还要你挂记。虽然你老得像我妈，但不用尽我妈的义务吧？"

胡贝贝并不计较邓强对自己的挖苦，解释道："你还记得林絮吧？"

邓强一听林絮，发自心脏的紧张把困意全部驱走了，激动地从床上坐了起来。

"林絮——她，她怎么了？"

胡贝贝道："我本来对你一直存有点愧疚感，不说出来我会一直不安，不过现在好了，你也有女朋友了，告诉你也没关系了。"

邓强觉得自己现在全身的毛孔都被胡贝贝扼制住了，真恨不能把胡贝贝抓过来吊起来刑讯逼供，赶紧问道："到底是怎么了？"

"其实当初和林絮走得很近的那个男生是她的表弟，当时在读高一，林絮在高中根本没谈过恋爱。那时候她经常在饭堂门口看到你，还曾经向我说起过你。只是那时候我觉得你利用过我，对你怀恨在心，所以我当时跟她说你肯定是个疯子。说实话，我那会儿就是想报复你。我猜你看到林絮和一个男生在一起时，肯定会放弃的，所以那时候我才敢说'我会看到你失败'的话。不过这些都过去了，林絮现在也有男朋友了……"

邓强已经听不清胡贝贝在说什么了，满腔的遗憾已经冲破了所有理智，是愤怒吗？不，是为当初自己的懦弱和自卑。现在，什么都晚了。邓强已经忘了电话那边还有人在说话，只觉得眼前一片模糊。

整个上午邓强都窝在床上，赵汗青中午给他带了饭，他觉得感动，但难过得嘴上说不出谢，眼泪直在眼眶里打转。

赵汗青邀他下午去图书馆，他说心里乱不想去，赵汗青不放心，又邀他去足球场走走，他不好再拒绝，起身去洗漱。

坐在看台上，蓝天碧草间，微风浮动，两人谁也不说话。

邓强想起几天前曾在这里和队友击掌拍肩，相互鼓励向前冲，何曾有过烦恼？想到这儿心情稍稍平复。

赵汗青说：“怎么了，今天状态貌似不佳？感情问题？”

邓强不想被一下看穿，只是尽力掩饰道：“哪有，我这种人会存在感情问题吗？”赵汗青以一副过来人的姿态笑笑，并摇摇头。

邓强被赵汗青这么一笑勾起了好奇心，套话道：“你有女朋友吗？”

赵汗青爽答道：“没有。”

邓强不信，又问：“那有喜欢的人吗？”

这回赵汗青沉默了，望着远处也不瞅邓强。

邓强也不等他回答，直接问道：“怎么认识的？以前同学？”

赵汗青沉默一阵，缓缓答道：“不是同学，我都不知道她叫什么名字。”

邓强好奇心更强了，继续问：“啊？那怎么会喜欢上的？”

赵汗青抚了抚头发说：“有一次在图书馆的时候，我在泰戈尔的《吉檀迦利》那本书里偶然发现一张夹在中间的纸条，上面写着当页的一些句子，字迹清秀、大方，然后每次去我都会在不同页面里发现不同内容的纸条。直到有一天，书不在那里了，我终于在图书馆找到了她，很有气质的姑娘。”说完赵汗青纯纯地笑了笑。

邓强笑道：“你写情书夹在中间了？”

赵汗青道：“没，我只是有空就去那里坐着，有时候会遇上，我就在远处看着她，有时候我提前拿到书了，她去的时候我再装着很自然地把书塞回去，然后听她说谢谢。”

“后来呢？”

“后来高考，过后我又复读了一年，她已不知去向。”

邓强听到复读心里一紧，没想到赵汗青的经历跟自己这么相似，一阵黯然。又问道：“有遗憾吗？”

沉默许久，赵汗青缓缓地说：“以前有，后来想通了，它并不是我的花，我只是恰好途经了它的绽放！在我心里留下了一个美好的过去。”邓强看到赵汗青说这话的时候已是一脸淡然。

风又轻轻吹过，撩起他几根头发又轻轻放下，邓强眯了眯眼，仿佛又回到那个早上，晨雾淡淡，浅蓝色的外衣、碧绿的草地……

也许就像赵汗青所说的，林絮并不是他邓强的花，他只是恰好途经了它的绽放，在他心里留下了一个美好的过去。

（完）